COSMOPOLIS

大都会

DON DELILLO

〔美〕唐·德里罗 著
韩忠华 译

人民文学出版社
PEOPLE'S LITERATURE PUBLISHING HOUSE

著作权合同登记号　图字 01-2021-2938

Don DeLillo
COSMOPOLIS

Copyright © 2003 by Don DeLillo
This edition arranged with Wallace Literary Agency, Inc.
through Andrew Nurnberg Associates International Limited
Simplified Chinese edition Copyright © 2021 by Shanghai 99
Readers' Culture Co., Ltd.
All rights reserved.

图书在版编目(CIP)数据

大都会/(美)唐·德里罗著;韩忠华译. —北京:
人民文学出版社,2021
ISBN 978-7-02-013673-5

Ⅰ.①大… Ⅱ.①唐… ②韩… Ⅲ.①长篇小说-美国-现代 Ⅳ.①I712.45

中国版本图书馆 CIP 数据核字(2018)第 012436 号

责任编辑　朱卫净　邱小群　刘佳俊
封面设计　钱　珺

出版发行　人民文学出版社
社　　址　北京市朝内大街 166 号
邮政编码　100705

印　　刷　上海盛通时代印刷有限公司
经　　销　全国新华书店等

字　　数　132 千字
开　　本　890 毫米×1240 毫米　1/32
印　　张　5.875
版　　次　2011 年 6 月北京第 1 版
印　　次　2021 年 10 月第 1 次印刷

书　　号　978-7-02-013673-5
定　　价　45.00 元

如有印装质量问题,请与本社图书销售中心调换。电话:010-65233595

献给保罗·奥斯特

老鼠变成了货币单位[1]

——兹比格涅夫·赫伯特

---

[1] 该句是乌克兰诗人兹比格涅夫·赫伯特（1924—1998）所写的诗歌《来自被围困城市的报告》中的一句。在这座围城里，粮尽物绝，老鼠不但成了宝贵的食品，而且变成了货币单位。

目 录

第一部

第一章 　　　　　　　　　　5

本诺·莱文的自白　　　　　49

第二章 　　　　　　　　　　55

第二部

第三章 　　　　　　　　　　93

本诺·莱文的自白　　　　　127

第四章 　　　　　　　　　　133

二〇〇〇年

四月的一天

第一部

第 一 章

现在他失眠的次数比以前多了,一周不止一两次,而是四五次。失眠时他做些什么呢?他没有外出漫步直到天明。他也没有密友可以打电话去聊天。有什么可聊的呢?这是一个沉默的问题,并不是言语能解决的。

他试图借助读书入眠,结果却越来越睡不着了。他阅读科学文章和诗歌。他喜欢白纸上那些排列精美的诗句,一行行字母烙入纸背。诗歌使他意识到自己的呼吸。诗歌让他有时间来想那些他通常没有注意的事情。这就是诗歌的美妙之处,至少对他来说是美妙的。他住在三层楼房顶上的旋转屋里,漫长的几周来,他独自在深夜听着自己一声接着一声的呼吸。

有一天夜里,他在他的沉思室内尝试着以站立的方式来睡觉,但他没有这种功夫,也没有修炼到这个水平。他与睡眠擦肩而过,进入了一种平衡状态;在无月的黑夜里,每种力量都被另一种力量制衡。这是最简单的缓解方式,是个性躁动中短暂的休息。

没有解决问题的办法。他用过镇静药和催眠药,但药物使他产生了依赖性,使他深深地陷入了用药的旋涡之中。他的每个举动都是自寻烦恼和虚伪的。苍白至极的思绪带来了焦虑的阴影。他怎么办?他没有去咨询坐在高背皮靠椅里的心理分析师。他读完了弗洛伊德的作品,接着读爱因斯坦的著作。他当晚读的是英德双语的《狭义相对论》,但最终还是把书放到了一边，安安静静地躺下，试图用他的意志力说出一个简单的词来关灯。他身边空无一物，只有头脑中的嘈杂之音和时间概念。

当他死去的时候，他的生命不会终止。这个世界将会终止。

他站在窗边，观看新的一天慢慢破晓。视线掠过桥梁、峡口、海湾，穿过一个个城区和空净的郊区，一直延伸到天地相接处那个只能叫作深远的地方。他不知道他要干什么。夜色仍然笼罩在河面上。现在是半夜，灰蒙蒙的烟雾在远处河堤的大烟囱上摇曳。他想象着妓女们此刻已经从灯光照耀下的角落里匆匆出来，摇晃着她们的鸭屁股；其他一些古老的行业开门迎客，满载农产品的卡车从市场开出，运送报刊的卡车从码头出来。送面包的小货车正在市内穿行，一些零散的轿车离开喧嚣的地方穿梭在大街上，扬声器中传来低沉的声音。

最华美的景色就是喷薄而出的太阳照耀着横跨在河上的桥梁。

他注视着千百只海鸥追逐顺流而下摇摆着的驳船。这些海鸥都有一颗又大又强壮的心。他知道它们的心和它们的身体不成比例。他曾经对此很感兴趣，并且已经掌握了鸟类解剖学的详情细节。鸟类的骨头是空的。他只用了半个下午就掌握了这些深奥的知识。

他不知道他要干什么。现在他知道了。他要去理个发。

他又站了一会儿，注视着一只海鸥飞起来，在空中盘旋。他一边欣赏海鸥，一边琢磨它、设法了解它，感受它那颗捕食之心的强烈跳动。

他穿着西装，系着领带。西装遮掩了他那发育过头的凸胸。他喜欢在夜间锻炼，拉沉重的金属滑橇，躺在长凳上一遍又一遍地举杠铃，以驱走白天的喧嚣和压力感。

他穿过拥有四十八个房间的公寓。当他感到犹豫和沮丧的时候,他就这么做,大步走过游泳池、纸牌室、健身房、鲨鱼缸和影视厅。他在狗圈旁停下,对着他的狗说话。接着,他来到附属区,在这里可以追踪货币行情和查看研究报告。

日元在一夜间出乎意料地涨了起来。

他又走回到住处。此时他缓慢前行,在每个房间里都逗留片刻,品味里面的一切,仔细地瞧着,对每一丝光线都投入点点精力。

墙上挂着的艺术作品主要是彩色几何图案的大幅油画。它们占据了每个房间;在开有天窗的正厅墙上有一幅白色的画卷,画着潺潺流淌的泉水,带给人一种虔诚的沉寂。正厅拥有充满紧张和疑惑的塔形空间,这个空间需要虔诚的安静以便人们去观瞻和感受,这令他想起了清真寺里人们轻柔的脚步声和圆顶上野鸽子咕咕的叫声。

他喜欢客人们不懂如何欣赏的那些画作。对于许多人来说,那些用刀刻出来的蛋清色版画都是不可知的。与新作相比,旧作更危险。新的东西不会有危险。

他乘电梯到铺着大理石的大厅,电梯里播放着萨蒂①的音乐。他的前列腺不对称。他走出去,穿过大道,转过身面对自己住的大楼。他觉得他的大楼与自己紧密相连。这幢大楼外墙镶着普通的古铜色玻璃,有八十九层,八十九是个吉利的质数。人和摩天大厦共享着一个边缘或者

---

① 萨蒂(1866—1925):法国作曲家,超现实主义先驱,对现代音乐有很大影响。

说是边界。这幢大楼高九百英尺①,是世界上最高的住宅楼。它的外形是普通的长方形,它唯一的特点就是它的尺寸大小。它是平凡的,而时间证明这种平凡本身就是一种无情。他就是因为这个才喜欢这幢大楼。他时常感到小心翼翼、昏昏欲睡、精神恍惚。当他有这种感觉时,他喜欢站着仰望此楼。

风掠过河面。他拿出掌中宝电脑,点击一个注解,查阅关于摩天大楼这一词不合时代的特性。近期的建筑没有一个能与这个词匹配。它属于古老的敬畏精神,属于在他出生之前很久就已经存在的、带有传奇性的箭形塔状建筑物。

这个掌中宝本身原有的文化已经快要消失了。他知道,他得把它扔掉。

这幢高楼给予他力量和深度。他知道他要去理发。但他又在喧嚣的街道上站了一会儿,研究这幢高楼的整体和规模。它外表的一个优点就是折射和映照着河水中的光亮,看起来像空旷天空中的潮汐,造成了一种特殊的交织与反射的氛围。他瞅了一下大楼的长度,感觉到自己和它连接在一起,与大楼共享着这种表面和环境,而环境从大楼两侧又与表面连接在一起。表面把里面和外面分开,并且不单单属于哪一面,而是它们共同拥有。以前在沐浴时他思考过表面的问题。

他戴上太阳镜,接着,转身穿过大道,朝一排排白色豪华轿车走去。一共有十辆轿车,五辆横排着停在高楼前面的第一大道路边,另外

---

① 1英尺约0.3米。

五辆车头朝西一字排在路的对面。这些车乍看起来都是一样的，只是有的轿车由于车主的特殊要求而比别的车加长了一英尺或两英尺。

司机们在人行道上一边聊天一边吸烟。他们都不戴帽子，身穿深色西装，都一样的兴奋，一样的活跃。当讨论到他们所关注的事情时，他们会两眼放光，吐掉雪茄并且一改他们那不讲究的站姿。

他们中的一些人操着很重的地方口音，有些人则用母语交谈。他们在等待他们的乘客：投资银行家、土地开发商、风险投资家、软件企业家、全球卫星通讯巨头、贴现票据经纪人、爱管闲事的媒体主管，以及那些被战争和饥饿拖垮的国家的流亡元首。

街道对面的公园里有程式化的铁艺树和铜喷泉，喷泉底部散落的硬币闪烁着斑斓的光芒。一个身穿女人衣服的男人遛着七条漂亮的狗。

他喜欢汽车彼此没有什么差别。他需要这样一辆车，因为他觉得这车是柏拉图式的复制品，车的规格无关紧要；与其说它是一件物品，还不如说是一种概念。但他明白，事实并非如此。这是他对别人说的话，他自己却从来不相信。他仅仅是刚才一刹那相信这话。他想要这车，因为它不仅超大，而且霸气十足，蔑视群车；此种变形的庞然大物岿然不动地凌驾于对它的每一个非议之上。

他的安保主管喜欢这种车，因为这车没有特征，不显眼。白色豪华轿车在这个城市里已经成为最不惹人注目的汽车了。此人现在正在人行道上等待。他叫托沃尔，一个没脖子的秃顶男人，他的脑袋好像是可以拿下来维修似的。

"去哪儿？"他问道。

"我要去理个发。"

"总统正在市内。"

"管他呢。我要去理发。我们要穿过市区。"

"你会遇到交通阻塞。据说堵车很严重。"

"我知道了。我们在说哪位总统?"

"美国总统。马上就会设路障,"他说,"所有的街道都会从地图上消失。"

"把我的车开过来。"他对这人吩咐道。

司机把车门打开,准备小跑绕过车尾到三十五英尺外驾驶室的车门去。在白色豪华车队的最后,平行对着日本会社的大门,停着另外一排汽车,都是高级豪华轿车,有黑色的、蓝色的。司机们正在等待外交使团的成员、代表、领事和戴着太阳镜的随从。

托沃尔和司机坐在前排。这里安装着仪表盘电子屏,挡风玻璃的下面有夜视仪,它连着装在散热器格栅上的红外线摄像头。

希纳,小个子,娃娃脸,是他的技术主管,正坐在车内等着。他不再正眼看希纳,他已经有三年没有正眼看这个人了。即使你看的话,你也了解不到别的什么事情。你一眼就能看透他的脊髓。他穿着褪色的衬衫和牛仔裤,两手放在裤裆里坐着。

"那么我们了解到什么了?"

"我们的系统是安全的。我们无懈可击。没有出现流氓程序。"希纳说道。

"只是看起来是这样。"

"不,埃里克。我们进行了各项测试。没有人能让我们的系统超载或控制我们的网站。"

"这一切什么时候做的？"

"昨天。在总部做的。由我们的快速反应团队完成。在登录方面没有丝毫漏洞。我们的保险公司做了威胁分析。我们受到攻击时可以得到缓冲。"

"任何地方？"

"是的。"

"包括这辆汽车？"

"包括。绝对没错。"

"我的汽车？这辆汽车？"

"是的，埃里克。请。"

"你和我，我们从白手起家就在一起。我要你告诉我，你仍然有耐力做这项工作。一心一意。"

"这辆车。你的车。"

"不屈不挠的意志。因为我总能听说关于我们的传奇故事。我们都年轻睿智，都具有狼性。但是名誉却是一个很微妙的东西。一个词能让一个人名声大振，而一个音节又会让人身败名裂。我知道，我问错了人。"

"什么？"

"昨天夜里做完测试后把车放哪儿了？"

"我不知道。"

"夜晚这些豪华轿车都去哪儿了？"

希纳无望地思考着这个问题的深意。

"我知道我答非所问。我睡得不太好。我看书、喝白兰地，但是这些整天在喧闹的城市里跑来跑去的超长豪华轿车都怎么了？它们在哪儿过夜？"

　　轿车到达第二大道之前就遇到了堵车。他坐在后排安乐椅上看着那排可视设备。每个屏幕上都混杂着日期、流动的符号、高山形图表和跳动的数字。他每隔两秒钟就关注一下这些屏幕，丝毫不顾车前扬声器里传出的声音。车内有微波炉和心脏监测仪。他看了一下旋轴上的偷拍器，偷拍器正好对着他。他习惯坐在这个双手可以操控的空间里，但现在这已经结束了。这些设备都不需要用手操控。他可以口授指令让大多数系统启动，或者摆一下手让某个屏幕一片空白。

　　一辆出租车从旁边挤了上来，司机按着喇叭。他这一按，许多司机都按响了喇叭。

　　脸朝后坐在酒柜附近折叠椅上的希纳动了一下身子。他正在用塑料吸管喝着新鲜的橙汁，塑料吸管伸出玻璃杯外的部分呈钝角状。在一口口吸饮料的间隙，他好像在向吸管内吹着什么。

　　埃里克问："怎么了？"

　　希纳抬起头。

　　"你有时是否感到你并不知道正在发生什么？"他说道。

　　"能告诉我你这话是什么意思吗？"

　　希纳对着他的吸管说话，就好像它是一个机载发射器。

　　"一切都是乐观的，一切都是繁荣的，一切都是蒸蒸日上的。事情爆炸式地发展着。这件事和那件事同时发生。我伸出手，我感觉到了什么？我知道每隔十分钟就要分析成百上千的信息。模式、频率、索引、整个信息图。我喜爱信息。这是我们的最爱和生命之光。这真他妈的奇妙。我们在世上活着是有意义的。人们在我们所创造的荫庇下吃饭睡觉。但同时我们又怎样呢?"

一阵长长的沉默。他最后看了看希纳。他向这个人都说了些什么?他并没有说一句尖锐和刻薄的话。事实上,他什么也没有说。

他们坐在车内,四周是一片刺耳的喇叭声。这些噪声里有某种东西,他并不希望它消失。那是一种固有痛楚的基调,一种哀歌,如此久远以至于听起来都很原始。他想到了双手长满毛发的土著人在礼仪上的咆哮,以及建立起来的社会组织间的杀戮和吃食。红色的肉。这就是召唤,是渴求。现在饮料都冷藏了。再也没有什么固体的东西需要微波炉来解冻了。

希纳说:"有什么特别的原因让我们不坐在办公室里,而坐在车里吗?"

"你怎么知道我们正坐在车里而不是办公室里?"

"如果我能回答这个问题呢?"

"有什么前提?"

"我知道,我要说的并不太聪明,大多是肤浅的,某种程度上也许是不准确的。这样你就会可怜我,认为我不该出生。"

"我们在车里,是因为我要去理发。"

"叫理发师到办公室去,在那儿理发。或者让理发师到车里来。理完发你再去办公室。"

"理发需要很多条件:墙上挂着日历,到处是镜子。这里没有理发用的旋转椅子。这里除了偷拍器之外什么都不能旋转。"

他在椅子上挪动了一下身子,注视着监视摄像头调整方向。他的形象几乎随时都能被人看到,全世界都可以看到:他在汽车上、飞机上、办公室里以及他公寓中选定的几处地方。但安全问题需要解决,现在摄像头以闭路电视方式运作。在他办公室内一个没有窗户的房间里,一名护士和两名武装安保不间断地注视着三台监视器。办公软件现在已经过时了,处于零饱和状态。

他向左边的车窗外瞟了一眼。他过了一会儿才明白,他认识坐在与他的车并驾齐驱的出租车后座上的那个女人。那是他结婚才二十二天的妻子埃莉斯·希夫林。她是一个诗人,是拥有欧洲以及世界巨大银行财富的希夫林家族的血亲成员。

他给前座的托沃尔发了一个指令。然后,他从车上下来,敲了敲出租车的窗户。她惊奇地抬头向他莞尔一笑。她二十五六岁,模样娇美,长着一双天真的大眼睛。她的美艳带着一丝淡然。这是一种具有诱惑力的美艳,但也许不是。她的脖子纤细,头微微前倾。她出乎意料地笑出声来,透着些许厌烦和世故。当她要思考的时候,她会把一根手指放到自己的嘴唇上。他很喜欢她的这个动作。至于她的诗,那是狗屁。

她把身体往里挪了挪,他钻进车内,坐到她旁边。汽车的喇叭声一会儿低下来,一会儿又响起来。接着,出租车快速地斜穿过十字路口,到了第二大道的西侧。又堵车了,托沃尔在车后艰难地慢跑着。

"你的车哪儿去了?"

"我好像找不到它了。"她说道。

"那我送你一程。"

"我不能让你送。绝对不行。我知道,你这一路上都要工作。而且我喜欢乘出租车。我地理知识不行。我喜欢问司机们来自哪里,这样可以学到知识。"

"他们来自恐怖和绝望。"

"是的,一点儿不错。一个人可以通过乘坐出租车来了解混乱国家的情况。"

"我有一段时间没看到你了。今天上午我还在找你呢。"

他刻意摘下了太阳镜。她盯着他的脸,目不转睛地看着他。

"你的眼睛是蓝色的。"她说道。

他拿起她的手放在他的脸上,闻着、舔着。驾驶座上的锡克教徒司机缺了一根手指。埃里克凝视着他的残指。这根指头伤残得很严重,令人印象深刻;残缺的肢体承载着历史和苦痛。

"吃早饭了吗?"

"没有。"她回答道。

"好。我正好饿了,想吃些厚实又耐嚼的东西。"

"你从来没有告诉我你的眼睛是蓝色的。"

他听出了她笑声中的责怪。他咬了一下她的大拇指关节,打开车门。他们俩一起步行穿过人行道,走向街角附近的咖啡馆。

他背对着墙坐下,看见托沃尔站在前门附近,那里正好能看到整个咖啡馆的情况。这地方人很多。他从周围嘈杂的声音中偶尔能听到法语和索马里语的词汇。这里是第四十七街的尽头。几名身穿象牙色袍服的黑人女性在河风吹拂中向联合国秘书处走去。有两座公寓楼名称分别是"莱科尔"和"奥克塔维娅"。爱尔兰保姆们正在公园里推着婴儿车。埃莉斯当然是瑞士人,正坐在桌子对面。

"我们谈些什么呢?"她问道。

他面前放着一盘煎饼和香肠。他等着他的黄油块化开,这样好用叉子把它搅进黏稠的糖浆里,然后看着叉子尖在黄油块上留下的痕迹慢慢地被浸泡。他意识到她的问题是认真的。

"我们想在屋顶建个直升飞机场。我已经得到空中特权,但仍然需要一个分区差额。你不想吃东西吗?"

看起来她一点儿也不喜欢这些食物。她面前的绿茶和烤面包一口没碰。

"在电梯库旁边建一个射击场。来说说我们俩吧。"

"你和我。我们俩就坐在这儿。挺好的。"

"我们什么时候能再做爱?"

"我们会的。我保证。"她说道。

"我们已经有段时间没做爱了。"

"当我工作的时候,你要知道,不能这样。精力非常宝贵。"

"当你写诗的时候?"

"是的。"

"那你在哪儿写诗?我去找你,埃莉斯。"

他看到三十英尺外的托沃尔动着嘴唇。他正对着藏在衣领下面的话筒说话。他戴着耳塞。他的手机别在夹克衫下的皮带上,离他的声控手枪不远。这把枪是捷克造的,是这个地区国际化的又一个标志。

"我猫在某个地方。我总是这么做。我母亲老是派人找我,"她说,"女仆和花匠们会把整幢房子和院子筢一遍。她以为我会融化在水里。"

"我喜欢你母亲。你的乳房跟你母亲的一样。"

"跟她的乳房一样?"

"坚挺的大奶子。"他说道。

他吃得很快，狼吞虎咽。接着，他又把她的那份食物给吃了。他能感觉到葡萄糖正在慢慢渗入他的细胞，燃起他身体内的其他欲望。他向这里的老板点点头，老板是个来自萨摩斯岛的希腊人，正从柜台内向他挥手。他很喜欢来这儿，因为托沃尔不让他来。

"告诉我，你现在要去哪儿？"她问道，"是去什么地方开会吗？是去你的办公室吗？你的办公室在哪儿？你究竟是做什么的？"

她双手交叉放在下巴上，一边盯着他，一边窃笑。

"你掌握情况。我想，这就是你的工作，"她说，"我认为你致力于掌握情况。你收集信息，然后把它们加工成惊人而可怕的消息。你是个危险的人。我说的对吧？一个预言家。"

他看到托沃尔用手捂住脑袋的一侧，正在从耳塞中听对方跟他讲话。他知道这些装置已经老化了。它们的构造都落后了。也许手枪还不至于这样。但这个词本身却早已迷失在滚滚红尘中。

他站在轿车旁听托沃尔说话。他的车子属于违章停泊。

"总部来了报告。确定无疑，有一个威胁。让我们不要掉以轻心，还特别关照是穿越市中心的时候。"

"我们面临过许多威胁。全都是确定无疑的。可我还好好地站在这里。"

"对你的安全没有任何威胁。那是对他的安全。"

"你指他妈的谁的安全？"

"总统的。我是说我们穿越市中心是不可能的，除非我们花费一整天的时间,并带上饼干和牛奶。"

他觉得,托沃尔魁梧的外表本身就是一种挑衅。他身上的肌肉一块块凸出来,肩膀溜圆。他的身体像个起重机,站着像蹲着似的。他的举止硬生生地表明,应该让体格粗壮的人去完成任务。这些都是带有敌意的煽动。它们制约了埃里克关于他自己身体的权威,也制约了他对力量和肌肉的评价标准。

"人们还会向总统开枪吗?我认为还有更刺激的目标。"他说道。

他在他的安保人员中寻找性格沉稳的人。托沃尔不符合这个要求。对于标准程序,有时他冷嘲热讽,有时又微微表示轻蔑。再就是他的脑袋,他那剃光了的脑袋的突起部分长着什么东西,而且畸形排列的双眼让人感觉带着持久的怒气。他的工作是有选择地对抗,而不是去憎恨芸芸众生。

他注意到,托沃尔不再称他帕克先生了,现在对他什么也不称呼。这个省略留下了足够让一个人通过的大空间。

他意识到埃莉斯已经走了。他忘了问她要去哪儿。

"下一个街区就有两个理发店。一个,两个,"托沃尔说,"完全不用穿越市区。现在局势很不稳定。"

在其他的街道上,不知名的人们匆匆而过,川流不息。平均每秒钟过去二十一个人,各种面孔,不同肤色,仿佛他们是世界上行动最快的物种。

他们来这里就是为了表明:你不必朝他们看。

迈克尔·钦,他的货币分析师,正坐在折叠椅上,平静地表现出某种程度的不安。

"我了解你那个微笑,迈克尔。"

"我认为,日元嘛……我的意思是,我们有理由相信举债经营也许过于轻率了。"

"形势会对我们有利的。"

"是的。我知道。一直都是这样。"

"你认为你看到了轻率。"

"正在发生的事没法用图表演示。"

"可以用图表来演示的。你得再努力研究一下。不要相信标准的模式。抛开限制来思考。日元正在证明自己。好好看。然后跳出来。"

"我们这是在下一个大赌注。"

"我了解你那个微笑。我想尊重它。但日元不可能涨得更高了。"

"我们正在进行一项数额过于庞大的贷款。"

"凭感觉做出的攻击在一开始是会给人一种轻率的印象。"

"得了,埃里克。我们正在进行盲目的投机。"

"对于你那个微笑,你母亲责怪你父亲。你父亲责怪你母亲。它有一种致命的东西。"

"我认为我们该调整了。"

"她认为,她必须让你学习特殊咨询专业。"

钦拥有数学和经济学的高级学位,但他只是一个孩子,头发上仍有一缕朋克风格的阴郁的暗红色染色条纹。

两个人聊着天,做出了一些决定。这些都是埃里克的决定,钦不情愿地把它们输入他的掌中宝电脑,然后让它们与系统同步。轿车向前行驶。埃里克看着偷拍器下面椭圆形屏幕上的自己,大拇指在下巴上摸来摸去。轿车走走停停。在他看到屏幕上的自己一两秒钟后,他奇怪地意识到自己的大拇指正放在下巴上。

"希纳去哪儿了?"

"去机场的路上。"

"我们为什么还有机场?它们为什么叫作机场?"

"我知道,回答这些问题会失去你对我的尊重。"钦回答道。

"希纳告诉我,我们的网络是安全的。"

"那就是呗。"

"安全得无懈可击。"

"他是最善于发现漏洞的。"

"那我为什么看到了还没有发生的事呢?"

豪华轿车里铺着来自意大利卡拉拉的大理石地板。这些大理石产于五百年前米开朗琪罗曾经站立过的采石场,他的指尖触摸过这些闪光的白色石头。

他看了看钦,后者茫然地坐在折叠椅上胡思乱想。

"你多大了?"

"二十二岁。怎么了?二十二。"

"你看起来比实际年龄还年轻一些。以前我一直比周围所有的人都年轻。有一天,情况开始改变了。"

"我并没有感觉自己年轻。我感觉自己完全飘忽不定。我想,我基本上准备放弃这个行当了。"

"拿一块口香糖放在嘴里,别嚼。对于像你这个年龄的人,又有你这样的聪明才智,世上只有一件事值得作为专业和知识去从事研究。知道是什么吗,迈克尔?那就是技术与资本的相互作用。这两者是密不可分的。"

"中学对我来说是最后的真正挑战。"钦说道。

轿车在第三大道又陷入了严重的堵车。司机们排着队准备开向拥挤的十字路口,一点儿都不能迂回。

"我读过的一首诗中提到,老鼠变成了货币单位。"

"是的。那将是很有趣的事情。"钦说道。

"没错。那将会影响世界经济。"

"单说这个名字本身,就比盾① 和克瓦查② 好得多。"

"名字说明一切。"

"没错。老鼠。"钦说道。

"是的。今天老鼠收盘低于欧元。"

"没错。人们越来越担心,俄罗斯老鼠将要贬值。"

"白老鼠。想想看。"

"对了。孕鼠。"

"没错。俄罗斯孕鼠大清仓。"

"英镑兑换老鼠。"钦说道。

"没错。加入到国际货币大趋势中去。"

"是的。美国建立了老鼠标准。"

"没错。每一块美元都可以兑换成老鼠。"

---

① 越南的货币单位。
② 赞比亚的货币单位。

"死老鼠。"

"对。大量贮存被称作威胁全球健康的死老鼠。"

"你多大年龄了?"钦问道,"既然你并不比其他任何人年轻。"

他的目光扫过钦的身后,看到朝着反方向奔跑的人群。他明白了屏幕上飞速翻过的数字对他的意义有多大。他研究过充分利用生物模型的形象化图表、鸟翼、镂空贝壳,等等。断言数字和图表是对难以驾驭的人类力量的冷酷压制,这只能是肤浅的思考;每一种渴望和午夜的汗水都变为金融市场中清晰的货币单位。事实上,数据本身是热情的、强烈的,是生命进程中生机勃勃的一面。完全了解在电子表格和由 0 与 1 构成的电脑世界中数字指令决定每一颗行星上亿万生命体的呼吸,就是对字母和数字系统强有力的辩护。这就是生物圈的起伏。我们的身体和海洋,都是可知的,是整体的。

轿车开始启动。他看到右侧的第一个美发沙龙,名叫"菲耶-加尔松",坐落在西北角。他感觉到托沃尔正在前面,等待指令停车。

他瞥见了第二个地方的大帐篷,就在前面不远处。他对着司机与后座舱之间隔板上的信号处理器念了一句暗号。这是向仪表盘显示屏发出的一个指令。

轿车停在了两家沙龙之间的一座公寓大楼前。他下车走进地下通道,并没有等门卫拖着脚步来接他的电话。他走进庭院中一个圈起的内院,心里在想里面都有些什么。有喜阴的卫矛属植物和半边莲,还是有深色星形的薄荷科植物,还是有羽毛状叶子和整块豆荚的皂荚树。他想不起这种树的拉丁文名字,但他知道,不出一个小时,或者在下一个不眠之夜的静谧中,他就会想起来。

他穿过爬满绣球花的白格子拱门,然后步入大楼。

一分钟后,他已经到了她的公寓里面。

她夸张地将一只手放在他的胸膛上,确认他是否真的来了。接着,他们俩紧紧拥抱,东倒西歪地一起走入卧室。他们撞上了门柱又弹了回来。她的一只鞋子歪了,她却无法甩掉,于是他只好帮她把它踢掉了。他把她按在墙壁的油画上,这幅画是艺术家的两个助手花了好几个星期用测量仪和石墨铅笔创作的极简主义网格作品。

他们并未认真地脱衣服,直到做爱完毕。

"我约过你吗?"

"刚好经过这里。"

他们站在床的两端,弯腰脱掉身上最后一件内衣。

"你顺便来看看我,对吗?很好。我很高兴。你有些日子没来了。我是从报纸上知道了你的事。"

她俯身趴下,在枕头上转过头,望着他。

"或者是在电视上看到的吧。"

"什么事?"

"什么事?婚礼呗。你没有告诉我,多奇怪啊。"

"没什么奇怪的。"

"没什么奇怪的?两大富豪的联姻,"她说,"就像旧欧洲帝国包办的一场婚姻一样。"

"但我只是个拥有一对纽约睾丸的世界公民。"

他用手抬起他的生殖器。然后他躺在床上,凝视着吊在天花板上的彩色纸灯。

"你们两个总共拥有多少亿?"

"她是个诗人。"

"她就是个诗人吗?我认为她是希夫林家族的一员。"

"两者都有一点儿。"

"如此富有和活泼。那她让你碰她的私处吗?"

"你今天看起来美极了。"

"你说话的对象是一个四十七岁而终于懂得她的问题在哪里的人。"

"问题在哪里?"

"生命太短暂了。你的配偶多大年龄?没关系。我并不想知道。让我闭嘴吧。再问一个问题。她床上的功夫好吗?"

"我还不知道。"

"那就是跟富婆在一起的麻烦,"她说,"现在让我闭嘴吧。"

他把手放在她的屁股上。他们静静地躺了一会儿。她叫迪迪·范彻,是个金发碧眼的女人。

"我了解一些你想知道的事情。"

"什么事?"他说。

"在私人手中有一幅罗斯科[①]的名画。我有自己的消息渠道。它快要出售了。"

"你亲眼看到过?"

"对。三四年前吧。它很鲜亮。"

---

① 罗斯科(1903—1970):美国画家,抽象表现主义代表画家之一。

他说:"那个小教堂怎么样了?"

"什么怎么样?"

"我一直在考虑小教堂的事。"

"你不能买下那个该死的小教堂。"

"你怎么知道?联系委托人就行了。"

"我以为你会对那幅画感到兴奋。一幅画作。你还没有一幅罗斯科的重要画作,你一直想要一幅,我们以前谈过这事的。"

"他的小教堂有多少幅画?"

"我不清楚。十四五幅吧。"

"告诉他们,如果他们肯把小教堂卖给我,我就会完好无损地保管好。"

"在哪里完好无损地保管好?"

"在我的公寓呀。那里有充足的空间。我还可以腾出更多的空间来。"

"但是人们需要看到它啊。"

"让他们买下来啊。只要出价比我高就行。"

"原谅我说话不中听。罗斯科小教堂是属于世界的。"

"如果我买下它,那就是我的了。"

她回转身,把他的手从她屁股上拍开。

他说:"他们要价多少?"

"他们并不想卖掉小教堂。我也不想就忘我精神和社会责任问题对你说教。因为我根本不相信你会像听起来那么粗俗。"

"你会相信的。如果我来自另一种文化,你就会接受我的思想和行为方式。如果我是矮人国的独裁者,"他说,"或是可卡因军阀,或是热带地区来的狂热分子,你会喜欢的,不是吗?你会珍惜那些极端的暴行和极度的偏执。这些人能在别人心中引起美妙的躁动,就像你这样的人。但必须有区别。如果他们看上去和闻起来都像你一样的话,事情就变得让人困惑了。"

他张开腋窝,将她的脸揽进怀里。

"这里躺着迪迪。她被所有的旧清教主义困住了。"

他翻过身趴下。两个人紧紧依偎,肩膀和身体互相贴着。他舔了舔她的耳朵边,把脸埋进她的头发里,轻轻地拱着。

他说:"多少钱?"

"花钱有什么意义?一美元。一百万。"

"买一张画吗?"

"买任何东西。"

"我现在有两部私人电梯。一部安装了演奏萨蒂的钢琴曲的程序,并以正常速度的四分之一运行。这部电梯适合演奏萨蒂的音乐,也是我在情绪不太稳定的时候乘坐的电梯。它让我平静下来,让我情绪正常。"

"那另外一部电梯演奏谁的音乐?"

"布鲁瑟·菲斯。"

"他是谁?"

"伊斯兰教苏菲派的说唱明星。你不知道吗?"

"我错过了许多东西。"

"我花了一大笔钱在第二部电梯上,但征用这部电梯却引起了人们的仇恨。"

"花钱买画。花钱买任何东西。我不得不去学会如何理解金钱，"她说，"我在安乐窝里长大。我花费了一段时间去思考钱的问题。我开始观察它，仔细观察纸币和硬币。我学会了如何感受挣钱和花钱。那种感觉很满足。它帮助我成人。但是我再也不知道钱是什么了。"

"今天我正在损失大笔的钱。好几千万。在赌日元。"

"日本现在的时间不是夜里吗？"

"货币市场从不关门。日经指数日夜运转。所有的大股票行都在交易。一周七天，天天在交易。"

"我错过了这个。我错过了许多东西。多少个百万元？"

"数亿元。"

她思忖了一下。现在她开始低声说话了。

"你多大年龄？二十八岁？"

"二十八。"他说道。

"我认为你想要这幅罗斯科的画。价格不菲。但是，对了，你完全需要拥有它。"

"为什么？"

"它会提醒你，你还活在这个世界上。你内心有感受种种奥秘的欲望。"

他把中指轻轻地放在她的臀沟中。

他说："种种奥秘？"

"难道你没有在每一张你喜欢的画里看到你自己吗？你会感到自己容光焕发，这是一种你无法分析或者说清的东西。你那一刻在干什么？你在看墙上的一幅画。仅此而已。但是，它让你感觉到自己活在这个世上。它对你说,你就在这儿。对了,你还拥有比自己所知道的更深邃、更美妙的生命。"

他握起拳头插进她的两条大腿之间,慢慢地来回移动。

"我想让你为我去小教堂出个价。不管多少钱,我想要那里的一切。包括墙壁和所有的东西。"

她一时没有动弹。过了一会儿,她起身了,身体从那只挑逗的手中挣脱出来。

他望着她穿上衣服。她动作麻利,像是在思考一件亟待完成的事,而这件事被他的到来打断了。她在满足肉欲之后,往胳膊上套乳白色的袖子,神情看上去单调而悲伤。他想找一个理由来鄙视她。

"我记得有一次你对我说的话。"

"什么话?"

"滥用的天资性欲更强。"

"我那是什么意思?"她问道。

"你是说我效率极高,高得严酷。很有天资,没错。那是在生意上,在聚敛个人财富上,在总体安排自己的生活上。"

"我也指做爱吗?"

"我不知道。你说呢?"

"也没有那么严酷。不过,对了,很有天资。你的外表也很威严,不管穿没穿衣服。我想,这也是另外一种天资吧。"

"但有些东西你失去了。或者什么也没有失去。这才是问题所在,"他说,"所有的天资和干劲都充分利用了。始终用得其所。"

她在找踢掉了的那只鞋子。

"但是这种说法不再正确了。"她说道。

他望着她。对于这个女人,他并不感到惊讶。这个女人教他怎样打扮,怎样去感受脸上魅惑的湿润和融化在笔描色彩中的喜悦。

她朝床那边摸去。在她从掉到地上的被子里拉出那只鞋子之前,她一直吸引着他的目光。

"自从怀疑的因素开始进入你的人生,这种说法就不再正确了。"

"怀疑?什么怀疑?"他说,"没有怀疑。没有人再怀疑了。"

她穿上鞋子,理了一下裙子。

"你开始认为怀疑比行动更有趣。怀疑需要更多的勇气。"

她仍旧低声细语,然后转身准备离开他。

"如果这让我更性感的话,那就没错。你要去哪里?"

她正要去接书房里响起的电话。

当他穿好一只袜子的时候,他突然想起那种树木的名字。三刺皂荚三刺皂荚。他知道他会想起来的,他果真想起来了。院子里那棵树的植物学名字。皂荚树。

他现在感觉好些了。他知道自己是谁了。他伸手拿起衬衫,花了双倍的时间把它穿好。

托沃尔站在门外。他们俩的目光并没有相接。两个人没有说话,乘电梯到达门厅。他让托沃尔先离开,然后查看了一下四周。他承认这个人把事情做得很好,行动举重若轻、规矩、利索。然后,他们穿过庭院,走上街道。

他们站在轿车旁边。托沃尔指出,两个方向都有理发店,都只有几码①远。接着,他的眼神变得冷峻起来。他在耳塞中听到一个声音。有突发情况,给人的感觉要出事。

"情况十分不妙,"他最后说,"有人倒下了。"

司机开着车门。埃里克没有看司机。有那么几次他想自己可能会看看司机。但他终究还是没有看。

倒下的人叫阿瑟·拉普,国际货币基金会的总裁。阿瑟·拉普刚刚在耐克朝鲜公司被刺。就在一分钟前。当埃里克的轿车在莱克辛顿大道朝着堵塞点爬行时,他在电视的反复重播中目睹了它的发生。他讨厌阿瑟·拉普,在见到他之前就讨厌他。根据理论和理解的差异,这是一种不同血统的有序憎恨。后来,他遇见了这个人,对他产生了个人的憎恨,一种发自内心的、强烈的无序憎恨。

他在货币频道的直播过程中被刺杀。在平壤的一个午夜,他正在最后一次采访中为北美的观众发表评论。这是一个历史性的昼夜,伴随着各种仪式、酒会、演讲、干杯。

埃里克在一个屏幕画面上看着他签署文件,下一个画面他就死了。

一个穿短袖衫的男人冲进镜头,持刀刺向阿瑟·拉普的脸和脖子。阿瑟·拉普一把抓住那人拉向自己,仿佛要对他说什么秘密。两个人滚在了地上,跟采访记者的话筒线缠在了一起。那个苗条的女记者被他们拽倒了,裙子被撕开到了大腿,成为了直播的焦点。

街上的汽车喇叭鸣个不停。

屏幕的画面上有个特写。阿瑟·拉普的脸血肉模糊,伴随着疼痛阵

---

① 1 码约为 0.91 米。

阵抽搐,就像一堆挤压的白菜。埃里克想要他们重播一次。重播一次。他知道,他们当然会重播,不断重复播出,直到轰动效应淡去,或者世界上的所有人都看过了。如果他愿意,他可以通过扫描检索随时再看一遍;此项技术似乎已经变得非常缓慢。他也可以回放慢镜头,看那个苗条的女人和她手中的话筒被卷入恐怖之中。他似乎能够坐在这里几小时,等机会×这个女记者;那里是个刀子、四肢和砍断的颈动脉形成的血的旋涡。疯狂的刺客断断续续地叫喊,手机夹在他的腰带上;临死的阿瑟·拉普吹气般地呻吟着。

一辆旅游车堵住了去对面大道的路线。那是一辆车底冒浓烟的双层大巴,顶层座上伸出一排忧伤的脑袋。他们是平静的瑞典人和中国人,腰包里塞满了钱。

迈克·钦仍旧脸朝后坐在折叠椅上。他正在聆听有关刺杀的报道,而没有转过头来看屏幕。

埃里克此刻看着他,不知这个年轻人的克制是一种道德的严谨,还是一种连缪斯的箭都无法射透的冷漠,甚至连性和死亡也无法影响他。

"你不在的时候。"钦说道。

"好吧,说给我听。"

"有一份报告说日本的消费支出正在减弱,"他模仿着新闻评论员的口吻,"对这个国家经济实力的怀疑越来越多。"

"瞧,我说什么来着。"

"预计日元会疲软。日元会小幅下跌。"

"会跌的。看着吧,一定会发生的。情况必须改变。日元不可能再涨了。"

托沃尔走回车后。埃里克摇下车窗。窗户还得摇下来一点儿。

托沃尔说："一句话。"

"说。"

"总部建议增加安全措施。"

"你对这一点不太高兴。"

"首先是对总统的威胁。"

"你有信心，不管发生什么事，你都能处理。"

"这次是对那个总裁的攻击。"

"接受他们的建议吧。"

他摇上车窗。他对增加安全措施怎么看？他感觉精神振作了。阿瑟·拉普的死亡令人振作。预期中的日元下跌令人鼓舞。

他扫视了一遍那些可视设备。它们部署在距轿车后座不同距离处。各种尺码的平板等离子电视屏，一些在一组框架内，另一些单独由侧箱投影。这是一组录像系统，漂亮而又通风，每一组可以独立于其他组而灵活变动，可以旋转、折叠或运作。

他想把音量调小，或者干脆把声音关掉。

现在乘客们正从旅游车上下来。这辆车似乎沉浸在越聚越多的浓烟中。一个身裹泡沫塑料的流浪汉试图上车。远处传来警笛声，救火车卡在交通堵塞中。警笛声在空中回荡，久久不息；汽车的喇叭在周围鸣响。这是一天中又一个艰难时刻。

他感到更加得意了。他拉开车上的天窗，把头伸进令人目眩的景色中。多家银行的大楼在林荫大道那边隐隐出现。这些大楼的结构很模糊，普通而单调，高且直，而且抽象，带有那种标准的屋顶平台。这些大楼连起来有一个街区那么长，大同小异，他不得不集中精力才能看清。

从这儿看起来它们是空的。他喜欢这个想法。它们是最后的高层建筑，是空的，是用来加快未来的脚步的。它们是外部世界的尽头。确切地说它们并不是真的在这儿。它们是在未来，一个超越地理、超越可触及的金钱以及那些把金钱摞起来数的人的时代。

他坐下来，看了看钦，后者正在咬他拇指甲边上的死皮。他望着钦咬。这并不是迈克尔的又一个白日梦。他仍在咬，用牙咬去指甲旁边的倒刺，然后咬指甲、指甲根儿、指甲上四分之一月牙形的灰白部分。他的动作看起来像是可怕的返祖现象，让人想到尚未出生的钦。他蜷缩在膜囊中，是一个令人毛骨悚然的人形小怪胎，正在吸吮他的扇形手。

为什么指甲旁边的倒刺叫 hangnail 呢？它也可以叫做 agnail，那是中世纪英语，源于折磨和痛苦，这是埃里克从古英语中碰巧得知的。

钦放了一个蔬菜味儿的屁。车内的空气循环系统立刻把这味儿吸收了。接着，交通堵塞中出现了一个空当，一辆汽车斜着冲了过来，在旅游车旁尖叫着转向，穿过了大道。一个在手推车上卖墨西哥炸玉米卷的男人紧绷着脸看着这一切。那辆车摇摆着越过石街沿，然后顺着超长的街道冲向公园。这时，钦的眼睛从空洞中缓过神来。

"你该干点儿什么了。"

"是的。好吧。"钦回答道。

"你难道不知道这点？我们俩都知道。"

"办公室里有工作要做。没错。我需要回想发生过的事情，然后看看我能找到什么是合适的。"

"没有什么是合适的。但它就在那儿。图表里有。你会看到的。"

"我需要再看看货币的行情，我不知道，就像是进入了曚昽的黎明。"

"我们不能等待曚昽的黎明。"

"那我就在这儿做。节省时间。这应该会让你高兴吧。我在睡梦中能够计算时间周期。一年年，一月月，一周周。我已经发现了所有的微妙模式。我把所有的数字带进时间周期和价格历史中，然后会发现每小时的周期。接着是分，最后是秒。"

"你可以在果蝇和心脏病发作中看到这一点。普通的事物也有它的周期。"

"我已经老了，用不着咀嚼。"

"你不能待在这儿。"

"我喜欢这儿。"

"不，你不能。"

"我喜欢脸朝后倒着坐车，"钦用他那新闻播音员般的声音说着，"他死了，就像他活着一样。要倒回过去看。他生前的详细情况在死后才被披露出来。游戏后的细节。"

他感觉好极了。他感觉到自己数日来、数周来，甚至更久以来从没有过的强大。红灯亮了。他看到他的财务主管简·梅尔曼正在大道的另一边，穿着运动短裤和紧身背心，像狼獾一样大步奔跑。她在预先安排的搭车点停下来，紧挨着一尊向出租车招手的男人的铜像。接着，她斜睨着眼睛朝埃里克的方向望去，想看清楚这辆豪华轿车是不是他的。他知道她会对他说些什么。第一句，每一个字，他都知道。他盼望着听她说这些。他已经从她带有鼻音的方言中听到了。他喜欢预知即将发生的事。这证实了有些人能够破解遗传笔迹。

在轿车穿过公园大道之前,钦跳出了车门。大道的中央分隔带上一个身穿灰色弹力衣服的女人高举着一只死老鼠。像是行为艺术。交通灯变绿了,喇叭开始响起来。这个地区所有的建筑物上,金融机构的名称都刻在铜牌上、大理石上,以及斜角玻璃的金箔上。

梅尔曼在原地跑。轿车在街角停下来,她离开了身后玻璃幕墙大楼的背阴处,从后门跳上车,胳膊肘和膝盖顶着车,肚子上的口袋里装着手机。刚才的跑步让她气喘吁吁,大汗淋漓。她如释重负地跌坐在折叠椅上,就像刚刚去过厕所那样轻松。

"这么多的豪华轿车,我的天哪,根本无法分清。"

他眯起眼睛,点了点头。

"我们又不是参加毕业舞会的孩子,"她说,"也不是出席某个无聊的婚礼。大家全都一样有什么魅力呢?"

他向窗外望去,轻柔地说话。他对这个话题很淡然,不得不向街上那些钢铁和玻璃的建筑物发表他的评论。

"我是个强大的人,不会选择用撒几滴尿来圈出我的地盘。我需要对什么事道歉吗?"

"我想回家,去亲吻我的马克西马。"

轿车又不动了。高空传来一阵轰隆轰隆的噪声,路过的人们都捂起耳朵。那是街道南面拔地而起的花岗岩大楼上传来的粗嘎的声音,这里将出现一家巨型的投资公司。

"顺便问一下,你知道今天是什么日子?"

"我知道。"

"今天是我的休息日，该死！"

"这个我知道。"

"我非常需要这个休息日。"

"这个我知道。"

"这个你不知道。你不可能知道是什么情况。我是一个靠自己打拼的单身母亲。"

"我们这儿出状况了。"

"我这个母亲正在公园里跑步，手机在我的肚脐上突然响了。我想，那是孩子的保姆打来的。如果不是孩子发烧烧到了华氏一百零五度，她也不会给我打电话的。这就是出状况了。没错，我们大家都会出状况。我们怀里揣着的日元能在数小时内把我们压垮。"

"喝点儿水。坐到长软座上来吧。"

"我喜欢和你面对面坐着。我根本不需要看那些屏幕，"她说，"我知道发生了什么事。"

"日元将会下跌。"

"没错。"

"顾客消费额在下滑。"他说道。

"没错。还有，日本银行保持利率不变。"

"这事是今天发生的吗？"

"今天夜里发生的。在东京。我的消息来源于日经指数。"

"在你跑步的时候？"

"在我为了按时赶到这儿而在麦迪逊大道狂奔的时候。"

"日元不会再涨上去了。"

"没错。说得对,"她说,"但它刚刚涨了。"

他望着她。她脸红红的,一直在滴汗。轿车现在缓慢地向前移动了。他感觉到一股忧郁之气正穿过空间的深谷冲他而来。他向窗外望去,看到街上的各色人等。他们中有的人一边向出租车招手,一边闯红灯;有的人在大通银行的取款机前排队。

她对他说,他看起来闷闷不乐。

公共汽车成对地隆隆行驶在大道上,呼呼地喘着气。它们并排前行或单行,快速把人们送到人行道上,没有什么新鲜的。人行道是建筑工人们吃午饭的地方。他们靠着银行的外墙坐着,伸着腿,脚上是铁锈色的靴子,眼睛审视着穿流而过的人群,审视着他们的面貌、步伐和派头:穿着轻盈裙子的女人;半跑着、穿着凉鞋、头上戴着耳机的女人;穿着邋遢短裤的女人以及旅游者;还有一些装模作样像吸血鬼影片中那样留着长指甲的人。这些工人对任何看上去奇怪的人都很警觉,他们的头发、衣服或者行走的方式都在嘲笑工人们所做的事情。那些拿着手机的笨蛋总会引起他们的怨恨。

这些景象往往激起他巨大的贪欲。在这个充满物欲的城市,自我狂热、工业主张、商业和人群创造出每个时刻的奇闻逸事。

他听到不远处传来自己说话的声音。

"我昨天晚上没有睡觉。"他说道。

轿车穿过了麦迪逊大道,按计划在商贸图书馆前面停下来。街上到处都是吃饭的地方。他想到那些吃饭的人,生命在午餐时耗尽。这种想法的背后是什么？他想到那些餐厅服务生从桌子上把面包屑刮下来。那些侍者和餐厅服务生并没有消失。只是那些顾客过段时间就少了一个，只剩下他要的汤和咸包的饼干放在一边。

一个穿西装、系领带的男人走近了汽车，他拎着一个提包。埃里克转过头去。他的大脑里除了由提包一词联想到的一些感伤的东西之外，一片空白。在逃避或抑制的策略下，头脑一片空白是很有可能的，这是对迫在眉睫的威胁的一种反应。一名衣着体面的男子带着提包炸弹，再怎么足智多谋的人也不可能幸运地发现它。没有时间去缜密思考。危险来了，人们只能是本能地逃跑。

当那个男人轻轻敲打车窗的时候，埃里克没有看他。

接着，托沃尔出现了，眼睛瞪着，一只手放在夹克衫里。他的两名助手斜穿过来，一男一女。当他们从在街上午餐的人群中出现时，显得十分引人注目。

托沃尔靠近这个男人。

他说："你他妈的是什么人？"

"你说什么？"

"我的时间有限。"

"英格拉姆医生。"

托沃尔猛地把这个男人的胳膊扳到身后，然后把他按在车的一侧。埃里克靠向窗户，把窗户摇低。空气中混杂着食物味儿，香菜和洋葱汤，还有煎牛肉饼的味道。两名助手脸朝外组成了一条松松的警戒线。

两个女人从日本会所里出来，又进去了。

埃里克看着这个男人。他想让托沃尔向他开枪，或者至少把枪抵着他的脑袋。

他说:"你他妈的是谁?"

"英格拉姆医生。"

"内维厄斯医生在哪儿?"

"突然被电话叫走了。是私事。"

"说慢点儿,清楚点儿。"

"突然被电话叫走了。我不知道。家庭危机吧。我是他的助手。"

埃里克思忖了一下。

"我曾清洗过你的耳孔。"

埃里克看了看托沃尔,略微点了点头。

然后,他把车窗摇了上去。

他光着膀子坐着。英格拉姆打开了那个提包,拿出一套闪亮的器械。他把听诊器放到了埃里克的胸脯上。埃里克意识到他的汗衫为什么不见了。他把汗衫落在迪迪·范彻家卧室的地板上了。

当英格拉姆听着他的心脏瓣膜一开一关时,他朝别处看去。轿车继续西行。他不知道医生为什么还在用听诊器。这是一种过时的古老工具,奇怪得像吸血虫一样。

简·梅尔曼说:"你为什么要做这个?"

"这个吗?每天做。"

"不管在哪儿?"

"没错。不管我在哪儿。"

她仰起头,把一瓶矿泉水泼在脸中央。

英格拉姆做了个超声波心电图。埃里克仰面躺着，看到的是一个歪斜的监控器。他无法确定他看到的是他的心脏在电脑中的映射，还是心脏本身的影像。它在屏幕上有力地跳动着。这个影像只有一英尺远，但是心脏却像是在很远的地方跳动着，输送着血液。在这块功能肌肉中，他看到了神秘。他感觉到了体内的激情，它那穿越地质时代的适应力，以及关于它起源于旧星球爆炸的尘埃中的诗歌与化学。他看到了自己的心脏，感到自己是多么矮小。它活生生就在那儿，并让他感到敬畏，让他看到了胸骨下面他的生命正以影像的形式在他身外轰鸣。

他没对英格拉姆说什么。他不想和医生的助手谈话。他总是隔三岔五地同内维厄斯交流。内维厄斯身材线条分明，一头银发，又高又壮，说话带有一丝中欧口音。英格拉姆会低声发出指示：深呼吸。向左转。对他而言，说出他以前从未说过的话并不容易，他的话都是单调的，说了一千次的套话。

梅尔曼说："那么你做些什么？每天的事一成不变。"

"也有变化。不一定。"

"那么他周末到你家来。很好。"

"简，周末我们不工作。人们都是这样。"

"你说得对。我没有想到这点。"

"我们不工作，因为那是周末。"

他依然仰面躺着。她坐在那儿，面向他的头顶，对着他的脑袋上方说话。

"我以为我们的轿车在动。但实际上我们已经停下了。"

"总统正在市内。"

"对。我忘了。我想我在跑出公园时看见他了。我看到随行的一队豪华轿车驶向第五大道,还有摩托车护卫。我以为这些豪华轿车都是为总统出行而来的,那我能理解。哪知道却是一个名人的葬礼。"

"我们中间每天都有人死去。"他对她说道。

他此刻坐在桌子上,英格拉姆正在他的胳膊上寻找肿胀的淋巴结。埃里克指出他下腹部的脂肪块和细胞碎片,上面有一个黑头,看上去有些不妙。

"这个怎么办?"

"随它去。"

"什么?不用管?"

"随它去。"英格拉姆说道。

埃里克喜欢听这句话。这句话不无启发。他尽力去注意这个助手。比如,此人长着小胡子,直到此刻他才看到。他原来以为此人是戴眼镜的。虽然从脸型和整体形象看起来,他给人的感觉应该戴眼镜,但此人恰恰没戴。他应该是自小就戴眼镜的,看起来像被过分保护、遭人排斥、受到其他孩子的迫害。你可以赌咒,这是个曾经戴过眼镜的人。

他让埃里克站起来。他把检查桌调到一半的高度。接着,他让埃里克把外裤和内裤脱下,俯身趴在桌子上,两腿分开。

他照吩咐做了,面孔对着他的财务主管。

她说:"看看,现在有两个对我们有利的传闻。第一,六个月来一直有企业破产倒闭。破产企业数每个月都在增加,越来越多,包括许多日本大企业。这是好事。"

"日元必定下跌。"

"人们将失去信心。这将迫使日元下跌。"

"美元将稳步上升。"

"日元将下跌。"她说道。

他听到乳液的润滑声。接着,英格拉姆的手指伸了进去。

"钦到哪儿去了?"她问道。

"正在设计显示图表。"

"这东西图表是显示不出来的。"

"可以显示的。"

"它不会像你显示技术股票那样用图表来显示的。在技术股票那儿,你能够找到真正的模式,能够定位可预期的成分。但这个不同。"

"我们在教他如何预测。"

"应该你来做预测。你是预测专家。他是什么?一个孩子。一个染头发、戴耳坠的孩子。"

"他不戴耳坠。"

"如果他再做不切实际的空想,我们将不得不把他养起来了。"

他说:"第二个传闻是什么?"

英格拉姆在检查埃里克的前列腺。他进行触诊,手指隔着直肠壁轻轻戳着前列腺的表面。有痛感,也许只是肛管肌肉在收缩。但弄痛了,很痛。这种疼痛顺着神经细胞传导。埃里克弯着腰,直视简的脸。他喜欢这样看她,这令他自己也感到惊讶。在办公室里,她给人的印象是易怒、多疑、充满敌意、冷漠而又不停地抱怨。而在这儿,她是一个坐在折叠椅上的单身母亲,显得消瘦,某种程度上是令人同情的憔悴。一缕头发湿湿地散在她的前额,刚刚开始灰白。瘦长的手里拿着一个水瓶。

她没有躲开他凝视的目光，而是与他完全对视。她的锁骨在她低垂的背心之下显得十分突出。他想把她手腕上的汗舔掉。她露着手腕和小腿，嘴唇上没有抹唇膏。

"有一个似乎与财政部长有关的传闻。现在他随时都可能辞职，"她说，"一个关于他不当评论的丑闻。他做过一个关于经济的评论，而这个评论也许被曲解了，全国都在逐字逐句地研究他的评论。甚至有些话并不是他说的，也被强加在他头上。他说话有停顿的时候。人们正在解释这个停顿的意思，甚至会挖得比字面意思更深。那可能是他在呼吸。"

内维厄斯触诊时，他的手指进出时间只需几秒钟。英格拉姆正在探究一个暧昧的现象。它与简有关。她正拿着水瓶在裤裆里滚动，双膝外翻，正看着他。她的嘴张着，露出缝隙很大的牙齿。一些信息在他们之间交流着，深深地超越了同情的含义：怜悯、喜爱、柔情；心跳和分泌物等一切生理神经活动，加上狂野性欲的激发使他怀着复杂的情绪靠近她，英格拉姆的手指还在他的屁眼里。

"于是整个经济动荡了，"她说，"就是因为那位部长吸了一口气。"

他感觉到了这些。他感觉到了疼痛。这种疼痛经过神经节和脊髓传导着。他的头脑是清醒的，对自己的身体具有完全的知觉。当他通过举杠铃和练举重进行塑身的时候，他在理论上曾想摆脱他的身体。他想判断它是多余的，并且是可以转换的。它是可以转换成一组组信息的。当他不看简时，他在椭圆形屏幕上看到的是自己的身体。

"你抓住水瓶。"

"它是用那种柔软的塑料做的。"

"抓住它。堵住它。"

"它是一个真切的东西。"

"那是性紧张。"

"那是生活中常见的紧张。"

"那是性紧张。"他说道。

他让英格拉姆用另一只空手，从挂在旁边衣架上的夹克衫中掏出他的太阳镜。这位医生的助手照办了。埃里克戴上太阳镜。

"日子就像这样。"

"什么？"她问道。

"我的情绪起伏不定。但只要我还活蹦乱跳，我的头脑就极其敏锐。你知道我在看你的时候看到了什么吗？我看到了一个内心里想无耻地活着的女人。告诉我这不是真的。你本想任由你的身体变得懒散而肉嘟嘟的。这就是你为什么不得不跑步，来防止你本性的随意游移。想说我是在胡诌，你却说不出口。这一切全写在你脸上，别人是很少在脸上表现出来的。我看到了什么？懒惰、性欲和贪得无厌。"

"我对此心安理得。"

"你内心里就是这样一个女人。当我看着你时，你知道怎么样吗？我比狂乱青春期中那最初几个兴奋的夜晚还要兴奋。兴奋而又困惑。甚至在环境强烈地抑制性欲的情况下，看着你我也会感到阴茎勃起。"

"你那话儿可硬不起来。它在心理上是不允许自己这样的，"她说，"它知道它的后面正在干什么。"

"其实是一样的。日子就是这样。看着你我就感觉来电。别对我说你没有性冲动。从你穿着可悲的全套跑步服坐在那儿起，我就看出来了。你从事那个悲哀的犹太基督教慢跑运动，就是为了抑制你的性欲。

你不是生来跑步的。我只要一眼，就知道你是什么人。你身体肮脏、浑身骚味、下体湿淋淋的。你是一个天生就适合被绑在椅子上的贱货，听男人诉说他感到有多么兴奋。"

"那为什么我们从未在一起共度这种时刻？"

"性揭穿了我们。性看透了我们。这就是为什么性如此厉害。它剥去了我们的外表。我看到了一个几乎全裸的女人，疲倦而又充满需求，抚摸着夹在双腿之间的塑料瓶。我是不是应该荣幸地把她看作一位主管和一位母亲？她看着一个摆着羞耻姿势的男人。这就是我认为的他的样子吗？裤子落到脚踝，屁股向后撅着。处在世界上的这个位置，他问自己的问题是什么？也许是大问题。诸如科学狂想者所问的问题。为什么是有些东西，而不是一无所有？为什么是音乐，而不是噪声？奇怪的是，在他消沉的时候提出了一些出色的问题。莫非他的视野受到限制，而仅仅在考虑当下本身？他在考虑疼痛。"

疼痛是局部的，但它似乎在吸收周围的一切：器官、物体、街上的声音和言语。这是一种令人毛骨悚然的感觉，状态持久、程度不变，发生在一个点上，但其实根本不是一个点，而是与其他神经捆绑在一起，一种相反的知觉，但又不单单是在他的膀胱底部的疼痛。他从里面进行操作。他只能在疼痛中思考和谈论一些别的事情。他活在前列腺的疼痛之中，活在灼烧的生理事实中。

"他后悔放弃了他的尊严和自豪了吗？还是有一种隐密的自我贬低的欲望？"他对简微微一笑。"他的男子气是假的？他是爱自己还是恨自己？我认为他不知道。或者他的想法每时每刻都在变。或者他所做的一切所包含的问题很不明了，以至于他无法置身事外来回答。"

他想自己是认真的。他认为，他说这些不是为了装腔作势给别人听的。这些是严肃的问题。他知道，这些问题是严肃的，但不确定。

"日子就像这样。他用手指打个响儿，一股激情骤起。它燃起了各种敏感和协调。准备发生的事情常常不发生。她懂得他的意思：他们甚至不必接触。发生在他身上的事同样也发生在她身上。她不必从桌子下面爬过去吮吸他的阴茎。这太老套了，不会引起他们俩的兴趣。他们之间的交流很强烈。感情的交流。就任其自我表达吧。他看到沉迷中的她，感到他胯下的肌肉在颤抖。他说，让我停我就停。但是他根本不等她回答。没有时间。他阴囊中精子的尾巴已经开始猛烈摇摆。她是他永久的心上人和荡妇。他不必去做他想做而不想说的事。他只需说出它来。因为他们俩已经超越了一切固有的行为模式。他只需说话。"

"那就说呀。"

"我要戴上太阳镜，用瓶子慢慢地×你。"

她突然冲了出去。她嘴里嘟囔了一声，她的内心在迅速地变化。

他在屏幕上看到自己的脸，双眼紧闭，嘴巴张着，像小猴子那样无声号叫着。

他知道监控摄像头是按实时模式运作的，或者应该是这样的。如果他的眼睛是闭着的，那他又如何能够看到自己呢？没有时间去分析了。他感到他的身体赶上了那个独立的影像。

接着，男人和女人一起或多或少地达到了圆满，他们俩没有互相抚摸，也不抚摸自己。

医生助手撕下手上的手套，啪的一声把它们扔进垃圾箱。这些撕碎了的和废弃了的东西具有某种隐秘的意义。

街上的喇叭声此起彼伏。埃里克开始穿衣服,等着英格拉姆说出"不对称"这个词。但是他什么也没有说。他的真正医生——内维厄斯——倒是在触诊中说过一次,但没有细说。他几乎每天都去看内维厄斯医生,但他从来没有问过这个词到底有什么含义。

他喜欢探求难题的答案,这是他掌握概念和了解人们的方法,但关于不对称这个概念,还得掌握一些东西。它在身体外的世界中是令人好奇的,是一种对平衡和平静的反作用力,是亚原子的小小谜团,它能够实现创造。这个词本身就很曲折,稍稍失衡,加上一个字母就改变了一切。但当他把这个词从它的宇宙学的范畴中删除,而把它用到雄性哺乳动物的身体里——即他的身体,他觉得自己吓得面色苍白。他感到自己对这个词的反常的敬意。他对这个词有一种恐惧,对它敬而远之。当他在关于尿和精液的内容中听到这个词,以及当他想起这个词的两个阴暗面——一是尿湿的裤子,二是软弱的阴茎——时,他就会鬼使神差地陷入迷信般的沉默。

他摘下太阳镜,仔细观察英格拉姆。他试图读懂他的脸。这张脸毫无表情。他想把太阳镜戴到这位医生助手的脸上,使他真实起来,在别人的感受中具有意义。但是,这太阳镜必须是清晰的、厚镜片的,能够确定生命。如果你认识这个人十年,也许你会花上这十年的全部时间才注意到他不戴眼镜。没戴眼镜的脸就像是迷失了的脸。

现在不是英格拉姆在说话,而是简·梅尔曼。她在打开的车门前停住了,她准备重新开始被中断了的跑步。

"我要说一件毫不复杂的事情。你有时间做选择。你可以放松下来,接受损失,然后再杀回来,变得更强大。还来得及。你可以做这个选择。无论是牛市还是熊市，你都为我们的投资者做出了巨大贡献。大多数资产经理在股票市场上都表现不佳。而你始终能跑赢大盘，从来不受大流的影响。这是你的天赋之一。"

他并没有在听。他的目光越过她，正看着东北角上以色列银行外面取款机前的一个人。这个瘦瘦的男人正从牙缝里嘟囔着什么。

"我们已经获利了。尽管别的基金在下跌，但我们的仍在走红，"她说，"是的，日元会下跌。我认为日元不会再涨了。但同时你必须撤回。我建议你撤回，不仅是以你的财务主管的身份，同时还以一个女人的身份；这个女人仍然将和她的丈夫结婚，如果他们以你今天看我的方式看她的话。"

他此刻并没有在看她。她关上车门，开始顺着第五大道向北跑去，从取款机前衣衫褴褛的男人身边跑过。这个人看上去好像有点儿熟悉。不是因为他的卡其夹克衫，也不是因为他那碎纸一样的头发。或许是因为他的懒散样。然而，埃里克并不在乎这个人他以前是否认识。他以前认识许多人。有些已经死了，有些被迫退休，独自在厕所里安静地打发时间，或者领着三条腿的狗在小树林中散步。

他正在琢磨自动取款机。这个术语是久远的，承载着它自己的历史记忆。它自相矛盾地工作着，无法逃脱人们推断银行工作人员的糊涂和移动部件的呆笨。这个术语是这种设备注定被换掉的过程的一部分。它是非未来的，如此笨重和机械，以至于连首字母缩写似乎都过时了。

英格拉姆收起检查桌，放回到橱柜中。他收拾好自己的提包，走出门，回头望了一眼埃里克。他站在那儿没动，仅仅在几英尺外，但很快消失在人群中；埃里克甚至忘了他说话时眼睛睁得大大的，带着一种超然的语气。

"你的前列腺不对称。"他说道。

本诺·莱文的自白

夜晚

他死了,真真切切。我把他翻过来,望着他。他的双眼幸运地闭上了。但幸运与它有什么关系呢?他喉咙里有一种我可以用好几周的时间去描述的简短声音。但你怎能从声音中挖出话来呢?它们是两个不同的独立系统,我们却努力试图将它们联系起来。

这很像他会说的话。我一定在重新口述他的话。因为我肯定他从我的工作区走过时说过一次,那是对他身边的人说的,有关某某。镜子与形象。或者是性与爱。它们是两个不同的独立系统,我们却努力试图将它们联系起来。

请允许我为自己说几句话。我有一份工作和一个家庭。为了爱家和养家,我奋力拼搏。你们中能有多少人知道养家这个简单的词所带来的真实而苦涩的力量?他们总是说我古怪。他这人真古怪。他的人格和生理都有问题。无论怎么说,他走起路来很可笑。我从来没有听到这些评论中的任何一则,但我知道人们可以通过脸上的表情,而不必靠说出话来表达他们所感觉到的事情。

我打了一个我自己也不相信的威胁电话。他们把这个威胁视为确实的。考虑到我对公司和人事的了解,我知道他们不得不信。不过,我不知道如何跟踪他。他在城里毫无规律地乱转。他有武装护卫。以我现在的这种随意的着装,我是无法靠近他所居住的大楼的。我接受这个现实。即使在公司，要找到他的办公室也不是件容易的事情。他的办公室总是在变。也许他在办公室以外的地方工作，也许在他偶然去的地方工作，也许在他家中工作，因为他并没有把工作和生活真正地分开；或者一边旅行一边思考，或者在传说中的他那个位于山中湖畔的房屋中读书打发时间。

我着魔般的困扰是思想上的，而不是行动上的。

现在我可以和尸体说话了。我可以说话而不被打断或纠正了。他不能说我这样那样，也不能说我是在丢自己的脸或者在欺骗自己。也不能说我没脑子了。这是他在历史罪行录上留下的一大罪过。

当我努力抑制着我的愤怒时，我忍受着阵阵"痛苦"（韩语）。这主要是一种文化恐慌，这是我在互联网上学到的。

我是计算机应用专业的助理教授。也许我曾经在一个社区学院说过这个。后来我离开了学校，去赚我的一百万。

我写作用的铅笔是黄色的，上面标着数字2。我想着重说明我正在使用的工具，只是为了记录。

我始终明白他们用话语或表情所表达的意思。人们对一个人的看法会使这个人变成他们认为的那样。如果人们认为他斜着走，那么他将不协调地斜着走，因为这就是他在周围人眼中所扮演的角色。如果他们说他的衣服不合适，那么他将学会以一种鄙视他们而惩罚自己的方式来远离他的衣柜。

我总是在自己心里演讲。你也是这样的，只不过不经常罢了。我一直都这么做，而从来不知道我是在对谁发表长篇大论。但现在我开始认为这个人就是他。

我有自己的纸张，是公文规格的，白底带着蓝线。我想写满一万页。不过，我已经明白，我在重复自己。我正在重复自己。

我把他翻过来，查遍了他的衣袋，但一无所获。他的一个衣袋已经破了。他的头上有一块发硬的紫色外伤，我没兴趣去描述。我感兴趣的是钱。我正在找钱。他的头发剪了一半，另一半还没剪。他穿着鞋但没穿袜子。他的身体散发着臭味。

我从一个路灯柱上偷电。我怀疑，他是否想过我这样做是为了我住所的用电。

我经受过许多厄运，但我不是你所见到的街上那些生活和思考在分秒间的芸芸众生。我泰然自若地生活在地球的尽头。我从本地的人行道上收集东西，这是真的。人们丢弃的东西可以建造一个国家。有时候，我听见自己说话的声音。我对别人说话，却听见我脑袋周围的空气中回荡着第三个人的声音。

当市政府宣布这幢楼不能使用时，窗户就被封掉了。但我撬松了一块木板，以便通风。我并没有过着不真实的生活。我以完整的中产阶级价值观过着白手起家的现实生活。我把墙敲倒，因为我不要像其他人那样生活在蜗居之中。那儿还住着别的人，有很多门和狭窄的过道，整个家庭挤在一起生活，而且需要走许多步才到床上，又需要走许多步才到门口。我想过一种思想开放的生活，这样我的自白才能尽情表达。

但为了得到精神慰藉，有许多次我都想用自己的身体去蹭门或者墙。

我要他口袋里的钱是为了它的本质，不是为了它的价值。我想抚摸这些钱，抚摸他在这些钱上留下的人性的肮脏。我想用这些钞票蹭我的脸，好提醒我为什么要杀他。

有一刻，我禁不住看他的身体。我朝他嘴里看，寻找腐烂的迹象。这是我在听他的喉咙里有声音的时候这样做的。我十分期盼他和我谈话。我不介意再和他多谈一会儿。在我们长夜漫谈了一切之后，我发现我还有更多的话要说。我心中萦绕着一些更大的主题。那是关于孤独和人类抛弃方面的主题，以及关于一个人不剩时我还可以恨谁这一主题。

总部大楼是公司的情报单位。我就是给他们打的电话，发出我那个几乎是虚伪的威胁。我知道，他们将把我的评论作为前雇员的专业知识来诠释，并将迅速地搜集有关数据。对他们讲出他们自己的名字，甚至明确地说出某个人母亲的娘家姓名，细说他们的运作流程和日常工作，这使我很满足。我现在已在他们的头脑中了，同他们保持着联系。我不必独自一个人承受负担。

我有自己的写字台，那是我一个人拖着它走过人行道、穿过小巷并且搬上楼的。这是个楔子和绳子组成的系统，得花费些时日才能完成的活儿。我做这件事足足用了两天。

长时间以来，我从来没有感觉到小孩与成人、男孩与男人的差别。我以前从来没意识到，我是通常意义上的孩子。我感觉自己一直是这样的。

在他们让我滚蛋之后，我曾经给他写过信，但后来不写了，因为我知道这是可悲的。我也知道，我生活中有些事情也是可悲的，但是我强迫自己去中断联系。他是永远不会看这些信的。这不是问题。我会看这些信。问题是我自己写信自己看。我不必去追踪他了，想想我对此有多惊讶。这件事本来就不适合我做，而我又被一种相反的力量缠绕着去想他是死了还是没死。

不管我在电话中对他们讲了什么，也不管他们收集数据有多迅速，他们怎能查出我住在哪里和如何生活？

我没有手表，也没有钟。我现在以其他事物来计算时间。我认为，我设定自己的时间跨度是以大量的计数、地球和恒星的时间、不连贯的光年以及宇宙年龄等为参照系的。

世界应该蕴含它本身的意义。但它本身却什么也没蕴含。任何事物都进入别的事物之中。我短暂的日子溅入到光年之中。这就是为什么我只能假装是某个人。这也是为什么我在开始写作时感到很有启发性。我想成为一个多产的写手。我不知道这个人还是不是我。

我仍然有银行账户。我有计划地去银行查看我账户上最近的美元余额。我这样做是受钱的心理因素驱动，是为了知道我在一个银行里还有钱。还因为取款机对我来说仍然具有魔力。

就在一个死人躺在十英尺之外的时候，我还在为这个杂志工作。我对此很奇怪。是十二英尺之外。他们说我心理不正常，给我降职降薪。我成为公司的一个无足轻重的技术人员，一个技术成分。对于他们来说，我就是一个普通劳动力。我接受这个事实。接着，他们没有事先通知就把我解雇了，而且也不给我解雇补偿金。这个我也接受了。

我的综合征之一就是焦虑不安的行为和极端的困惑。这在海地和东非被翻译为阵发性谵妄。在当今的世界上，一切东西都是共享的。不被共享的得是什么样的神秘东西呢？

在我的孩提时代，我也不是为了乐趣而读书。我从来都没有为了乐趣而读书。你对这个怎么理解都可以。我只是过多地考虑我自己而已。

我研究我自己。它使我感到厌倦。但是这对我来说就是一切。除此之外我什么也不是。我所谓的自我有点儿扭曲，也许与你们的并没有太大的不同。但同时，我可以确定地说，它是活跃的，是特别重要的，是惨败与成功并存的。我有一辆健身车，少了一个踏板，是某夜某人扔在街上的。

我手头也总是备着香烟。我希望感觉自己像一位拿着香烟的作家。但是我的香烟抽完了，已经被我舔没了的烟盒底部有一些很小的烟斑。我很想去闻这个死人气息中的任何气味，包括他一周前在伦敦吸过的雪茄烟味。

那一整天，我更加确信我不能做这件事。后来我却做了。现在我必须记住为什么。

无论撰写上万页的东西需要多少年的时间，我想我会花这个时间来写的。这样一来，你就会对醒着和沉睡着的文学生命有所记录，因为梦想、记忆的点滴、所有可怜的习惯和掩饰、周围的一切，以及街上的噪声都将被包括在内。但我第一次明白了，现在，就是此刻，世界上所有的想法和文字都无法描绘我在向他开枪、看着他倒下那骇人一刻的感受。因此，还剩下什么值得讲述呢？

第 二 章

他的轿车穿过大道进入西区，不得不立即减速；横道线上行人如梭，轿车只能不顾红灯穿过去。

托沃尔报告，前方某处有一根主水管爆裂。

埃里克看了看走在他轿车两边的两名保镖，他们身穿一样的黑色上装、灰色裤子和高领衬衫，迈着审慎的步子。

埃里克看到一个屏幕上显示一柱污水正从地面冒出，喷得很高。他对此感觉不错。其他屏幕在显示资金的流动。数字向水平方向滑动，条形图则上下起伏。他知道，有些东西还无人察觉，那是一种潜在的模式，一种图形语言的飞跃。这种模式超出了标准的技术分析模式，也超出了在这个领域他的追随者所做的深奥的图表模式。必须有解释日元的方法。

他饿了，处于半饥饿状态。有一段时间，他一直很想吃东西，和人们面对面交谈，生活在现实空间。他停止看电脑屏幕，朝街上放眼望去。这是一个专营钻石的区域。他摇低车窗，注视着闹哄哄的一片商业场景。几乎每一家商店都有珠宝展示，购物的人们穿梭在银行的装甲货车和私人的安保车之间，有的在欣赏精致的瑞士手表，有的在犹太餐馆就餐。

轿车在马路上像蠕虫般爬行。

一些犹太教哈西德派教徒穿着长长的礼服，戴着高高的毡帽，站在门口交谈着。这些人戴着无框眼镜，留着粗糙的白胡子。从他们的身上看不出大街上拥挤紧张的气氛。一天当中价值数亿美元的钻石在墙后流动着，但这种货币形式已过时了，埃里克都不知道应该怎样去看它。它是坚硬的、闪亮的、多面的。这种被切割过、打磨过的三维晶体，他早已抛到脑后，或者从来都没有接触过，而人们把它戴在身上，炫耀它。人们在睡觉或做爱的时候摘下它。他们也戴上它做爱或者戴着它死去。人们死后埋葬时仍然戴着它。

年轻的哈西德派教徒沿着马路走着，他们穿着深色的西装，戴着软呢帽，脸色苍白，神情茫然。埃里克想，他们走进商店或地铁站时只能相互看着。埃里克知道，经销商和宝石切割匠都在后面的屋子里。他想知道他们是否还在门口做交易，一个握手加上一句意第绪语的祝福就成交了。从街上的气氛中，他能感觉出二十世纪二十年代曼哈顿下东移民区的气味，以及"二战"前欧洲钻石中心阿姆斯特丹和安特卫普的气味。他了解一些历史。他看到一个妇女坐在人行道上乞讨，怀里抱着个孩子。她说着一种他从未听过的语言。他懂几门语言，却不懂这门。她像是钉在了那块水泥地上似的。也许她的孩子就是在那块"禁止停车"的牌子下出生的。街上停着联邦快递和国际包裹服务公司的卡车。一些黑人身上挂着广告牌，小声说着非洲话。这里收购黄金和钻石，出售戒指、硬币、珍珠，批发珠宝，还有古代的珠宝首饰。这里是露天市场，犹太人的集市。到处是晃来晃去的砍价者、流言散布者、废品贩子，以及满嘴跑舌头的买卖人。这条钻石街对未来是一种冒犯。不过，他也有了反应。他感到这东西进入了每个感受器，并以电流的方式跳进了他的头脑。

轿车突然停了下来。埃里克下车,伸了伸腰。前方的车流就像一条缓缓流淌的金属流。他看见托沃尔向他走来。

"我们必须改道。"

"怎么回事?"

"是这样。前方的街道正在发大水,交通一团糟。还有就是,关于总统和他的行踪问题。他一直在路上行驶。我们的卫星接收器报告说,总统所到之处都会引发连锁反应,造成交通瘫痪。另外,市中心有一支送葬的队伍正在慢慢往西行驶。这支队伍有许多车辆,还有数不清的步行送葬者。我们得到报告,这个区域即将发生骚乱。"

"骚乱?"

"即将发生。性质还不清楚。总部说要当心。"

托沃尔说完后等待回应。埃里克的目光却越过托沃尔,投向了一个商店的大橱窗。这个橱窗里并没有一排排镶嵌着宝石的饰品,这在这条街上很少见。他感到,他身旁的这条街上的行人行色匆匆,令人捉摸不透。他们想尽办法使自己的步伐平稳,因为打乱步伐会显示他们的好意和弱势。但有时候他们不得不让路或停下脚步。他们总是习惯转移目光。目光接触是微妙的事。即便四分之一秒的目光接触也会违背社会的行为准则。谁为谁让了路?谁看了或者没看谁?被路人轻轻碰了一下算不算是严重的冒犯?没有人愿意被碰撞。似乎无形地存在着一种互不碰撞条约。甚至在这里,在可以感触到的相互交织的古代文化中,来来往往的行人、保镖、挤在橱窗前的购物者以及闲逛的傻瓜都不愿碰到别人。

他站在哥谭书店的诗歌区,翻阅着那些民谣小册子。他总是浏览那些半指或不到半指厚的书，根据长度和宽度来选择读诗。他寻找那些只有四、五、六行长的诗。他细细品味这些诗，他的情感似乎在诗行周围的空白处浮动。他的心中只有白色的纸张和纸张上的符号。白色是诗歌灵魂之关键所在。

西面传来救护车的警笛声，但救护车也被卡在了交通堵塞中。

一位女士从他身边走过，他转身去看却没看到，他不清楚自己怎么会认为那是位女士。他没有亲眼看到她走进后面的屋子，但知道她进去了。他还知道，他必须跟上她。

托沃尔没有和他一起来书店。埃里克的那名女保镖守在前门附近，眼睛从她双手捧着的书上抬了一下。

他穿过门口走进后面的屋子，里面有一些顾客正在书架上找绝版的旧小说。其中有一位女士，他瞥了一眼便确定她不是他要找的人。他怎么一眼就能确定她不是呢？他不知道，但他做到了。他查看了办公室和员工卫生间，发现书店在这儿有两个门。他从这个门进的时候，他要找的那位女士已经从另外一个门离开了。

他返回到原来的大间，站在旧地板上。地板上放着已经拆开的盒子。他在怀旧的气氛中打量着这个地方。他要找的那位女士不是顾客，也不是书店的员工。这时他发现他那个保镖——一个脸部轮廓分明的女黑人——正在对他微笑，眼睛却顽皮地瞟向她右边的门。埃里克走过去，打开了通往走廊的门。走廊一面的墙边堆放着书，另一面的墙上贴着一些反社会的诗人的照片。顺着楼梯向上看，有一间画廊。一位女士坐在楼梯上，正是他要找的人。她静静地坐在那里，表现出一种悠然的气质，于是他知道她是谁了。她是埃莉斯·希夫林，他的妻子。她正在读一本诗集。

他说:"读给我听听。"

她抬头微微一笑。他跪在她下面一格的楼梯上,双手放在她的脚踝上,欣赏着书上方她那温柔的眼睛。

"你的领带呢?"她问道。

"我在体检呢。屏幕上能看到我的心脏。"

他的手顺着她的小腿肚滑向她的膝窝。

"我不想谈这个。"

"但是……"

"你身上散发着性欲的气味。"

"你闻到的是我私人医生的设备的气味。"

"你全身都是性欲的气味。"

"你闻到的是饥饿,"他说,"我想吃午饭。你也想吃午饭了。我们是活生生的凡人。我们需要吃饭和谈话。"

他拉着她的手,一前一后穿过车流,走到街对面的餐厅。一个男人把浴巾铺在人行道上,在上面出售手表。长长的餐厅里人声鼎沸,拥挤不堪。他推开了等外卖的人群,在柜台旁找到两个位子。

"我不知道自己饿不饿。"

"吃吧。你会发现自己饿了,"他说,"性饥饿。"

"我们结婚只有几周的时间。短短的几周。"

"凡事都只有短短的几周。凡事都只有几天。我们生存的时间也很短暂。"

"我们并不想去算时间,对吧?也不想讨论这样严肃的问题。"

"不。我们想做。"

"我们想做?我们要做?"

"我们想要它。"他说道。

"性?"

"对。在生活中不可缺少的。过一天少一天。你不知道吗?"

她看了看前方墙上的菜单,似乎对菜的种类和风格有点儿失望。他大声念了几道他认为她会喜欢的菜,而不是他知道她喜欢的那些菜。

餐厅里的嘈杂声夹杂着多种口音和语言,还有柜台服务员用扩音器报菜单的声音。街上传来汽车的喇叭声。

"我喜欢那个书店。你知道为什么吗?"她问道,"因为它有一半在地下。"

"你感觉自己藏了起来。你喜欢藏起来。是为了躲避什么吗?"

伴着杯盘的清脆的碰撞声,人们用轻快的、有节奏的语言在黑人说唱声中谈着生意。

"有时只是为了躲避噪声。"她向他倾过身子,高兴地低声说道。

"你就是那种沉默的、渴望的孩子。喜欢隐蔽。"

"那么你呢?"

"我不知道。我没考虑过。"

"那就考虑一件事,然后告诉我那是什么。"

"好吧。一件事。我四岁的时候,"他说,"我计算出了自己在太阳系的不同星球上会有多重。"

"很好。我喜欢,"她边说边略显母性地亲了一下他的额头,"科学和自我就这样结合起来了。"当他把点好的菜单报给服务员时,她还在笑个不停。

从一辆卡在交通堵塞中的旅游大巴那里传来了扩音器的声音。

"我们什么时候去湖边?"

"不去那个鬼湖边。"

"我本以为我们会喜欢那里的。那里所有的设计、所有的工程都已完成。远离城市的喧嚣,两个人单独在一起。湖边非常宁静。"

"城里也很宁静。"

"我想,那是因为我们居住的地方又高又远。你的车怎么了?肯定不太安静。你在它上面花了很多时间。"

"我的车送去做软木隔音处理了。"

"是吗?"

"他们对汽车是这样进行加长改造的。他们先用一个电动大圆锯将汽车底座割成两半,然后,再将汽车的底架加到满意的长度,十英尺、十一英尺、十二英尺。二十二英尺也可以。他们给我的车也做了这样的处理,我让他们给我的车包上软木,隔离街上的噪声。"

"那确实很可爱。我喜欢。"

他们一边说话,一边相互依偎。他告诉自己,这是他的妻子。

"我的车自然也装上了铁甲。装甲的要求使包软木的活儿变得复杂了。但他们最终完成了。这是他们的一种姿态。这是男人干的活。"

"改装有效吗?"

"怎么会有效?没用。这个城市日夜都充满了噪声。每个世纪都产生噪声。今天的噪声与十七世纪的噪声没有区别,它们和从那时演变而来的所有噪声一起随处可闻。不过,我并不介意。噪声让我充满活力。

重要的是有那东西在。"

"软木?"

"没错。软木。它才是至关重要的。"

没见到托沃尔。他看到那个男保镖在收银台附近,像是在研究菜单。他想知道为什么收银台没有被限制在费城和苏黎世的博物馆的展厅里。

埃莉斯看着她的汤,汤里颤动的波纹折射出生活的影子。

"这是我要的吗?"

"告诉我你要什么?"

"清炖鸭肉汤加一根药草。"

她自嘲地笑着,模仿异域口音,声调比平常的音调略高一些。他仔细地看着她,期待欣赏她那高高的鼻子和鼻梁的优雅曲线。不过,他发现自己同时也在想,也许她根本不漂亮,也许她并不符合标准。他突然意识到这一点。也许她很一般,没什么特别的。在书店里时,她显得比较漂亮,因为当时他把她当成了别人。他开始明白,是他们俩一起虚构出了她的美丽,共同策划了让双方都满意和快乐的神话。他们的婚姻中隐藏着这种约定。她富有,他也富有;她是财产继承人,他白手起家;她有教养,他很严酷;她纤弱,他强壮;她有天赋,他十分聪明;她长得漂亮。这是他们相互理解的核心,是他们在婚前需要坚信不疑的。

她轻轻地拿起汤勺,一动不动。这时她产生了一个想法。

"说真的,你身上的确散发出一种性冲动的气味。"她边说边往汤碗里看。

"并不是你认为的那种性。是我想要的性。那就是你在我身上闻到的东西。我越看你，就越了解我们双方。"

"告诉我是什么意思。哦，别说。千万别说。"

"越了解，我就越想和你做爱。因为，有一种性具有清洁的功能。它就像针对幻灭的解毒剂。它就是一种抗毒药。"

"你需要的是燃起性欲，对吗？这就是你要的功能。"

他想咬住她的下嘴唇，用牙狠狠地咬，直到流出一滴让他产生性欲的鲜血。

"你逛完书店本打算去哪儿？"他说，"这附近有旅馆。"

"我就想去书店，不想去别的地方。我想待在书店里。在那儿我感到快乐。你打算去哪儿？"

"去理发。"

她伸出手抚摸他的脸。她看起来很忧郁，表情很复杂。

"你需要理发吗？"

"不论你给我什么，我都需要。"

"说话厚道一点儿。"她说道。

"我需要彻底燃起性欲。大道对面有家旅馆。我们可以在那里开始，或者带着激情结束。那是燃起性欲的一个方面。激情高涨。实际上有两家旅馆。我们可以选择一个。"

"我想，我想要的不是这个。"

"是的，你不要。你不想要。"

"对我厚道一点儿。"她说道。

他晃着手中的碎肝三明治，咬了一大口。

"总有一天你会长大，"他边嚼边说，接着又去喝她的汤，"到那时就没人听你母亲唠叨了。"

他们的身后发生了一件事。离他们最近的服务员用西班牙语说了一句话，其中包括"老鼠"这个词。埃里克在凳子上转身看去，看见两个身穿灰色化纤服装的男人站在柜台和餐桌之间的狭窄过道上。他们背对背站着不动，两人抬着右胳膊，各自倒拎着一只老鼠。他们开始叫嚷，但埃里克听不懂他们在说什么。两只老鼠是活的，前腿还在不停地蹬着。埃里克被深深吸引，暂时把埃莉斯忘得一干二净。他想知道这两个男人在说什么，在干什么。他意识到，他们很年轻，身着套装，挡住了通向门口的路。埃里克面对着墙上的长镜子，可以直接或间接地看见房间的大部分地方，也可以看见他身后戴着棒球帽的服务员们若有所思地停下手中的活儿。

这两个男人分开了，朝着相反的方向迈了几大步，开始把老鼠在头顶上晃来晃去，用不协调的声音说着一个什么幽灵的事情。正在用切肉机切五香熏牛肉的厨子抬起头，不解地望着他们。顾客们也不知道该如何反应。然后，他们有了反应，惊恐地躲着被晃来晃去的老鼠。有几个人推开厨房的门逃出去，随后其他人也有了行动，从椅子、凳子上跳起来，仓皇而逃。

埃里克看得入神了。他几乎着了迷。他很欣赏这件事，不管这是什么事。那名保镖站在柜台旁，对着大衣领子上的话筒说话。埃里克伸出一只胳膊，示意他不要采取行动，静观事态的发展。人们的叫骂声超过了拿着老鼠的那两个年轻男人的声音。埃里克发现，靠他最近的那个人变得焦躁不安，眼睛开始四处瞟着。人们的叫骂声听起来古老而又公式化，一句接着一句；用英语骂的那几句像是高亢的男高音，凄厉而又冗长。埃里克想跟那个人谈一谈，问问他这事的起因，他们究竟有什么样的使命。

此时，服务员们也用餐具将自己武装起来。

接着，那两个人将老鼠扔了出去，整个房间又安静下来。两只老鼠扭动着尾巴飞过空中，东碰西撞，又反弹回来，背部擦过桌面，像两个可怕的毛球爬上了墙，发出吱吱的尖叫声。那两个人也边喊边跑出去，喊的或是口号，或是警告，或是咒语。

轿车在第六大道的另一边慢慢行驶，经过了街角的金融中介公司。从街上可以看到里面有一个个小隔间，一些男人和女人正在观看滚动的屏幕。他感到了他们处境的安全，感到一种初生的迹象，一种快速的发展趋势。他想起以前人们经常光顾他的网站。那时他预测股票行情，而预测行情乃是一种纯粹的才智。那时他向人们兜售科技股，推荐整个板块，接着促使股票价格成倍上涨，改变整个世界行情。他可以制造历史，但那都是在股票市场变得平庸和疲软之前的事了。现在他需要寻找新的突破口，寻找新的发展动向。他做股票交易的货币没有地域界限，有现代民主国家的货币、古老的苏丹式王朝的货币、偏执的共和国货币，还有强权下反叛的民族的货币。

他在这里发现了一种美丽和精确，一种特定货币波动中潜在的节奏。

他走出餐厅，手里还拿着半个三明治。他边吃边听音响系统传出来的说唱。那是布鲁瑟·费斯的声音，有贝都因小提琴的伴奏。然而，屏幕上的一个镜头分散了他的注意力。总统乘着豪华轿车，上半身清晰可见。这正是米德伍德政府的一个特点：主要的行政官员都上电视，全世界都可以看到。埃里克仔细打量屏幕上的这个人。他一动不动地足足看了十分钟。他没有动，总统没有动，车流也没有动。总统只穿着衬衣，像往常那样呆坐着。他嘴角抽搐了一下，眼睛眨了几下。他的目光空洞，没有方向，也没有表情。似乎永远这样百无聊赖下去。他没有挠痒痒，也没有打哈欠，却开始摆出一个电视台嘉宾的架势，坐在会客室里等待直播。只是这更诡异，因为他的眼睛空洞无物，因为他似乎生存在一个非时间的小山谷里，还因为他是总统。埃里克不喜欢他这一点。他曾和总统交谈过几次，他曾在西侧黄色的接待室里等待总统。他曾就一些重要的事情向总统提过建议。当时他不得不按要求站在那里供拍照。他不喜欢米德伍德政府，因为它无处不在，这点就像他自己。他不喜欢总统，因为总统的存在对他的安全造成了威胁。埃里克讨厌而且嘲笑总统白色衬衫下那女性乳房般的上半身。埃里克看着屏幕上的总统，带着报复性的快感；他认为这形象得让总统出尽丑。他是个不死之身，处于神秘的休眠状态，等待着被唤醒。

"我们要考虑一下挣钱的艺术。"她说道。

她坐在后排的座位上，那是埃里克的安乐椅。埃里克望着她，等待下文。

"希腊人对此有个专门的词。"

他等着下文。

"Chrimatistikós，"她说，"但我们必须给这个词留点儿余地，让它适应当前的形势，因为金钱已经发生了变化。一切财富都是为了它自己而存在。并没有其他种类的巨大财富。金钱已经失去了它一度具有的绘画般的那种叙述品质。金钱只是在对自己说话。"

她经常戴着一顶贝雷帽,今天却没戴帽子。她叫维娅·金斯基,是一个小个子女人,身上穿着系纽扣的衬衫,一件旧绣花背心,一条洗过多次的百褶长裙。她是他的理论顾问。他们每周都要见面,而这次她迟到了。

"接下来当然就是资产。但资产的概念每天、每小时都在改变。人们为了购买土地、房子、游船和飞机花费大笔支出。这与传统的自信没有关系。资产不再是有关权力、人品和权威的东西,也不是指粗俗的或是有品位的展示。因为资产再也没有重量和形状。唯一有关的是你付的价钱。你自己,埃里克,想一想。一亿零四百万能买什么?不是几十间房子、无可比拟的景色、私人电梯。也不是旋转式卧室、电脑控制的床。不是游泳池和鲨鱼。是空中权吗?是传感调节器和软件吗?也不是清早可以告诉你感觉的镜子。你付了这个数目。一亿零四百万。这就是你买的东西。那就值了。数目证明它自己的价值。"

轿车停在两条大道中间,金斯基从圣玛丽亚教堂出来,上了车。这有点儿奇怪,但也许并不奇怪。他坐在折叠椅上面对着她,心中纳闷为什么看不出她的年龄。她有一头烟灰色头发,看上去像是被闪电击过似的,又枯又焦。她的脸倒是很光洁,只是脸颊上有一颗大黑痣。

"哎呀,我真喜欢这辆车。屏幕熠熠生辉。我喜欢这屏幕。网络资本的光辉是如此明亮诱人。可我对此一窍不通。"

她小声地说着,始终面带微笑,声音中的细微变化让人捉摸不透。

"不过,你知道,这个想法让我显得多么无耻。那就是时间。生活在未来。看看那些滚动的数字吧。金钱创造了时间。过去是时间创造金钱。时间加速了资本主义的崛起。人们不再思考永恒。他们开始把注意力集中在可以计算的时间上、工时上，从而更有效地利用劳动力。"

他说："有些东西我想给你看看。"

"等一下。我正在思考呢。"

他等待着下文。她的笑容有点儿扭曲。

"网络资本创造未来。纳秒是一种什么样的计量单位？"

"十的负九次方。"

"什么意思？"

"十亿分之一秒。"他说道。

"我对此一窍不通。但我知道我们必须多么严密，以采取适当的措施才能充分控制周围的世界。"

"还有 10^{-21} 秒。"

"很好。我很高兴。"

"还有 10^{-24} 秒。一秒的 10^{24} 分之一。"

"因为时间如今已是共用资产了。它属于自由市场体系。现今的时间已经很难找到。它正在退出，给将来不可控制的市场和巨大的投资潜力让路。未来很快就要来了。这就是为什么有些事很快就会发生，也许就在今天。"她边说边偷偷地往手里瞥了一眼。"纠正时间的加速。让自然回归正常。"

这条街的南边几乎见不到行人。他领她下车，走到人行道上。在那里，他们能看到部分电子屏幕上的市场信息。这些信息在百老汇另一边的办公大楼的电子屏幕上滚动着。金斯基看呆了。这种信息发布和南面几街区外的老时代大厦上缓慢的新闻发布大不一样。这里同时有三层数据快速滚动,离街面约有一百英尺。信息包括金融新闻、股票价格、货币市场。电子屏幕的信息发布持久不断。数字、符号、报道、美元、国际新闻等信息飞速闪过,让人目不暇接。但他知道,金斯基正在全神贯注地吸收这些信息。

他站在她身后,手越过她的肩膀指着屏幕。在滚动的数据下面,标着世界各大城市的时间。他知道她在想什么。别去介意信息滚动的速度太快,人们跟不上。速度是关键。也别去介意源源不断的信息补充,一个数据刚过去,另一个数据接踵而来。发展趋势是关键,未来是关键。我们正在目睹的信息流,并不是一种纯粹的景观或难以读懂的神圣化的信息。这种安装在办公室里、家里或车里的监控屏幕成了一种偶像崇拜,让人们惊讶地聚集在它面前。

她说:"它会停止吗?滚动速度会减慢吗?当然不会。为什么呢?太神奇了。"

他看到一个熟悉的名字从屏幕上的新闻中闪过。卡冈诺维奇。不过,他没看清是什么内容。停滞的交通开始活动了。他们俩在那两名保镖小心地护卫下回到车上。他这次坐在长软座上,两眼盯着屏幕,得知尼古拉·卡冈诺维奇死了。卡冈诺维奇极其富有,但名声不好。他是俄罗斯最大的传媒企业巨头,涉及的领域从色情杂志到卫星转播。

埃里克很尊重卡冈诺维奇。此人精明、强悍,十分残酷。他告诉金斯基,他和尼古拉曾经是朋友。他从冷藏柜里拿出一瓶血橙色的伏特加,倒了两杯。他们俩边喝边看几个屏幕上关于这个事件的报道。

她慢慢抿着酒,脸色微微泛红。

卡冈诺维奇死在他莫斯科郊外的别墅前，脸朝下趴在泥地里，身中数枪。他刚从"阿尔巴尼亚在线"返回就遭到枪杀。"阿尔巴尼亚在线"是他建立的有线电视网，他在那儿还签署了在首都地拉那建造一个主题公园的合同。

埃里克告诉金斯基，他们俩一起在西伯利亚猎过野猪。当时他们看到远处有一只老虎。他们从未遇过这种情况。周围空旷安静，危险在即，他们突然感到最后生命的珍贵。两个人纹丝不动，一直到老虎消失了很久之后才敢动弹。看到老虎的身影在远远的雪顶上，他们俩感到一种兄弟般的默契。不过，看到卡冈诺维奇死在泥地里，埃里克很高兴。报道该事件的记者反复地使用"别墅"这个词。他拍摄的角度能让人们从屏幕上清楚地看到别墅，别墅前的小路两旁种着松树。另一个屏幕上，一名解说员隐晦地将卡冈诺维奇的死和他一些名声不太好的生意伙伴、反全球化分子，以及地区战争联系起来。接着，那名解说员将话题又拉回别墅。他被发现趴着死在他别墅的外面。新闻报道的用词十分谨慎。关于死者和这个凶杀案的情况，他们就知道这些。

埃里克看到卡冈诺维奇的身体和脑袋中了数枪的画面，感觉很好，有一种平静的满足。他觉得肩膀和胸脯都松弛了。尼克拉·卡冈诺维奇的死让他感到放松。这一点他一开始并没有对金斯基说。后来他说了。为什么不呢？她是他的理论顾问，就让她去推理吧。

"你的天才和你的敌意总是息息相关，"她说，"你的思想是在敌视别人的基础上发展起来的。我想，你的身体也是这样。歹人活千年。他从某种意义上来说是你的对手，是吧？也许他身体强壮。他生性自大。这家伙富有，但令人讨厌。他的女人不计其数。所以，看到他可怕地死去,你有足够的理由窃喜。理由总是有的。别再研究这件事了。"她说,"他死了,你就可以活着了。"

轿车驶到街角停了下来。熙熙攘攘的游客在戏院区挤来挤去。大型商店里也好,小摊贩的推车前也好,都能看到他们扎堆的身影。人们排成弯弯曲曲的长队,等着买百老汇的打折戏票。埃里克看着人们穿过大街,他们在高耸的广告牌上内衣模特的映衬下变成了矮人。这些人看上去分不出性别。着了魔的女人穿着男士短裤,男人露出富有弹性的肌肉,裤裆里鼓出一团东西。

重型卡车穿过市区,向服装街或肉食品码头疾驶,没有人注意它们。他们看到一个伦敦佬从一个纸盒里拿出儿童读物来卖,用膝头画出他的摊位。一个中国老人在做针灸推拿,一组检修工人从一个巨大的黄色线轴上挖出光缆,伸入窨井。对埃里克而言,他们在做一样的事情。他们看到这个老人在给一位女士的背部和太阳穴做推拿,女士坐在一张凳子上,脸紧贴在临时搭的架子的一个凸起的靠垫上。他们读了读那手写的标志牌:缓解疲劳和惊恐。地球的重力和时间的流逝在现实生活中一直存在着。跪着卖书的伦敦佬说,我不问你从哪儿挣来的钱,你也别问我从哪儿搞到的书。他们停下来,随便看了看他盒子里的书。那个中国老人站得笔直,敲着女士的穴位,揉着她耳后的皱纹。

埃里克看到人们驻足在东南角的外汇兑换处前。他立刻打开了遮阳车顶,把头伸出去看前方大楼屏幕上的货币行情。日元还在稳步上升,直逼美元。

他坐在折叠椅上,面对金斯基,向她大致讲述了目前的形势。他正以极低的利率借贷日元,然后用它在股票市场做投机买卖。这将带来巨大的回报。

"得了。这对我来说没有意义。"

然而,日元变得越强,他需要偿还的贷款就越多。

"别说了。我听糊涂了。"

他坚持这样做,因为他知道日元不会再涨了。他解释说,日元的升值有局限性。这是市场规律。市场本身可以承受动荡和冲击,但有个限度。因此日元不会再涨了。不过,有时候日元会涨一下。

她把伏特加酒杯捧在两个手掌中间,一边转动,一边思考。他在等她的反应。她穿着一双小巧的带穗平底鞋和白色短袜。

"目前明智的举措应该是打退堂鼓,静观其变。你最好这样做。"她说道。

"没错。"

"不过,有些事情你是知道的。你知道日元不会再涨了。如果你知道一件事情而不去对它采取行动,那就等于开头你就不知道。中国有一句谚语,"她说,"知而不行等于不知。"

他爱维娅·金斯基。

"现在就退出并不是可靠之举。那是从别人的生活中学来的。那仿佛是对一篇实用文章的解读,它要你相信有一些貌似真实的情况存在,可以去追溯和分析。"

"你还想告诉我什么?"

"还想让你相信有可以预见的趋势和力量。那是一些随机的现象。对了,你运用数学和其他学科进行分析。然而,最后你应对的是无法控制的体系。它夜以继日地高速运转。自由社会的人们并不害怕这种病态现象。我们创造了自己的疯狂和混乱,而我们无法掌控的思想机器又不断推波助澜。这种疯狂状态通常很难发现。它就是我们的生活方式。"

她说完扑哧一笑。对了,他很欣赏她的雄辩天赋,条理清楚,具有说服力,结论一针见血。这就是他想从她那里得到的东西。思维严密,评论具有挑战性。不过,她的笑声里带着坏水。那是一种蔑视和粗俗的态度。

"你当然知道这些。"她说道。

他知道,也可以说不知道。没到这个虚无的程度。没到在毫无根据的情况下做出判断的程度。

"在深处,还存在着一种规律,"他说,"一种等待人们去发现的模式。"

"那就去发现它吧。"

他听到远处传来了人声。

"我知道这个模式。不过,它在这件事上却变得难以捉摸。我的专家们也曾努力应对,但是快要放弃了。我一直以来也在想尽办法应对,连睡觉时都在想。市场运作和自然世界之间有共同面,有亲密关系。"

"是一种相互作用的美学艺术。"

"没错。但目前这种情况,我开始怀疑我还能不能找到答案。"

"怀疑。怀疑是什么?你告诉过我,你从不相信怀疑。电脑的力量可以消除怀疑。一切怀疑都源于过去的经验。但是,过去的东西正在消失。我们往往知道的是过去,而不是将来。这种情况正在改变。"她说。

"我们需要一种新的时间理论。"

轿车向前行驶，避开了南去的车流，却又被卡在了第七大道和百老汇狭窄的交界处。埃里克这次听清了街上喧闹的人声，看到了奔跑的人群。前面的人向他这个方向跑来，其他的人纷纷跑离人行道，脸上的表情惊恐又迷惑。一只二十英尺高的泡沫塑料老鼠在街上躲着出租车。

他把头伸出了遮阳车顶，想看个究竟。到底发生了什么事？真是很难说。

两条大道都受到了影响，汽车被堵，到处是人。行人逃到了十字路口，跑到了奔跑队伍的外面。在拥挤的人群中间，奔跑着的队伍已经不是一条直线，而是歪歪扭扭了。奔跑者用手划开身边的人群，企图争取足够的空间，可以自由地奔跑。

他仔细地观察，想要分清不同的人和事。汽车的喇叭声、警笛声、人群的喊叫声，这一切使他更难以分清了。

他向南望去，那是时代广场的中心。他听到破碎的平板玻璃一块块落在人行道上的声音。在几个街区之外的纳斯达克股票交易中心，楼外也有一阵骚动。不同体型、不同肤色的人来来去去。入口处挤满了人。他想象里面一片混乱，人们争先恐后地穿过发布行情的长廊。他们会闯进控制室，砸坏屏幕墙和报价器。

他正前方是什么？那是些在安全岛上排队买打折戏票的人。大多数人还排着队，不愿失去自己的位置。这是仅有的一处没有骚动的地方。

有声音通过扩音喇叭传来，语调就像吟唱，同他午饭时听到的那两个年轻人的叫喊声一样。那只泡沫塑料大老鼠这时已经到了人行道上，坐在一个担架上，被四五个穿着啮齿动物服装的人用肩抬着，朝他这个方向走来。

他看到托沃尔和两个保镖站在街上,他们三个人正以不同的速度全方位地扫视这个区域。有一个女人——侧面看起来很像中王国时期的埃及人——正歪着头对她左胸上的可穿戴式电话说着什么。是该停止使用电话这个词了。

奔跑者从两边的售票口涌出,大多数戴着滑雪面具。他们中的一些人看到埃里克的轿车,便停下脚步。警车疾驰而来,停在了十字路口。埃里克感觉自己也被牵扯进去了。一辆巴士放下一批身穿防暴服、头戴防毒面具的人。

一名出租车司机站在自己的车外,胳膊交叉抱在胸前,抽着烟,在这个世界之都耐心等待赚钱的机会。他看起来像是南亚人。

有一些人慢慢靠近埃里克的车。他们是谁？是抗议者,还是无政府主义者？不管他们是谁,反正是一批街头表演者,街头闹事能手。他的车被包围了,三面是汽车,一面是售票亭,动弹不得。他看到托沃尔正对付一个手持砖块的家伙,一拳把他击倒在地。埃里克暗暗佩服托沃尔的漂亮身手。

接着,托沃尔抬头看了看他。一个小孩踩着滑板飞驰而过,从巡逻警车的挡风玻璃上跳下。这两个男人恶狠狠地对视了好一会儿。他很清楚他的安保主管想要他做什么。然后,埃里克把身子缩进车里,关上遮阳车顶。

从电视上能看得更清楚。埃里克倒了两杯伏特加,同金斯基一起看着电视。原来这是一场抗议活动。抗议分子正在砸连锁店的窗户,把大批的老鼠放到餐馆和酒店大堂里。

戴着面具的家伙们在车顶上巡视着这块区域,向警察扔烟雾弹。

通过电视转播车上碟形天线的转播,他能够从警笛声和汽车报警声的阵阵噪声中听清他们在叫喊什么。

他们高喊:一个幽灵在全世界游荡。

埃里克欣赏着这一切。滑板上的孩子们在巴士车身的广告牌上涂鸦。那只泡沫塑料大老鼠被推倒了。警察带着头盔,手持防暴盾牌,神情严肃地步步逼近游行队伍。这一切似乎让金斯基叹了口气。

抗议分子摇晃着埃里克的轿车。埃里克看看金斯基微微一笑。电视屏幕上出现了一张张被胡椒汽熏黑的面孔的特写镜头。接着,变焦镜头又对准了一个撑降落伞上的人,他从附近的大楼顶上跳下来。降落伞和那人身上都有代表无政府主义的红黑相间的条纹,他的阴茎暴露在外,上面也有同样的条纹。抗议分子来回猛烈地砸着轿车。警察在人群中随意施放催泪瓦斯,他们戴着双层防毒面具,活像卡通人物。

"你知道资本主义产生什么。根据马克思和恩格斯的理论。"

"它自己的掘墓人。"他说道。

"但这些不是掘墓人。这里是自由市场。这些人是市场催生出来的怪胎。他们在市场之外不能生存。他们别无选择,不可能去市场之外的任何地方。"

摄像机追踪到一名警察正在人群里追赶一个年轻人,影像似乎离现在很远。

"市场文化是个完整的体系。它孕育了这些男人和女人。这些人鄙视这个体系,但他们却是这个体系不可或缺的部分。他们给予它能量和定义。他们受市场的驱使。他们在世界的市场上成为交易的商品。这就是他们为什么存在，并激活和维持这个体系的原因。"

他望着她杯中的伏特加随着车身在剧烈地晃动。这些人在敲打窗户和车盖。他看到托沃尔和两名保镖正在把攀在车身上的人赶下来。他突然想到司机座位后面的那张隔板。隔板上有一张镶嵌在雪松木框架里的用库法字体书写的羊皮纸经书的残页。它可是十世纪巴格达的文物，价值连城。

她系紧了安全带。

"你必须明白。"

他说："什么？"

"你的想法越有远见，就有越多的人跟不上。这就是人们抗议的全部原因。科技和财富的幻景。网络资本的力量足以把人们甩到路旁的沟里去，让他们呕吐和死去。人类理性的缺陷是什么？"

他说："是什么？"

"它明明知道自己建立起来的体系最终会产生恐怖和死亡，却假装没有看见。他们是在对未来进行抗议。他们想阻挡未来。他们想使未来正常化，不让未来压倒现在。"

街上有汽车烧了起来，车身的金属发出嘶嘶和啪啪的声音。一阵阵的烟雾中出现了惊恐的人影。他们夹在人群和车流中乱跑，其他的人四处逃散。一名警察腿一软，跪倒在快餐店门口。

"未来永远是一个完美的整体。我们在那儿都应该是无比快乐的，"她说，"这也正是未来最终不能尽如人意的原因。未来总是不能尽如人意的。它总是达不到我们想象的那样快乐。"

有人向轿车后窗扔了个垃圾桶。金斯基不禁畏缩了一下。在西面，就在百老汇对面，抗议分子用燃烧的轮胎筑起了路障。他们的抗议似乎是有预谋的、有目标的。警察透过烟雾向抗议人群发射橡胶子弹，烟雾开始在广告牌上方飘过。还有一些警察站在几英尺之外，协助埃里克的保镖们护卫他的轿车。埃里克不知道自己对此是何种感受。

"我们怎样才能知道全球时代何时正式结束呢？"

他说完等着回答。

"要等到豪华轿车从曼哈顿各条大街上消失的时候。"

一些男人开始往车上撒尿。一些女人把装满沙子的苏打水瓶往车上扔。

"要我说，这是一种压抑着的愤怒。但如果他们知道车上坐的是帕克资本公司的老板，那又会发生什么呢？"

她如是说，两眼闪出一丝恶毒的光芒。抗议分子用红黑相间的围巾包住头和脸，露出逼人的目光。

埃里克嫉妒他们吗？轿车的防碎窗上出现了细细的裂纹。也许他在想，他也该下车去打砸一番。

"这些人在你的企业里工作。他们按你的主张行事，"她说，"如果他们要杀你，那是因为你容忍他们、允许他们这样做，把这个行为看成是强调我们生活理念的一种方式。"

"什么理念？"

轿车摇晃得更厉害了。他看见她跟着她的杯子左右摇晃，每喝一口都极费力。

"毁灭。"她说道。

他从一个屏幕上看到一伙人正顺着一个垂直墙面下来。他看了一会儿才明白，他们正从前方大楼的正面往下爬，墙面上装有发布市场行情的电子显示屏。

"你知道无政府主义者一贯信奉什么吗？"

"知道。"

"告诉我。"她说道。

"破坏的欲望就是一种创造的欲望。"

"这也是资本主义思想的标志，强行实施的毁灭，旧工业必须毫不留情地铲除，新市场必须强行建立，旧市场必须再利用，毁灭过去，创造未来。"

她的笑容是独特的，嘴角总有一小块肌肉在抽搐。她没有表露同情或不满的习惯。他认为，她也不具有表露这两种情绪的本领。不过，现在他不知道这个判断是否错了。

一些人舞蹈般地踩着滑板，用喷漆往车上涂鸦。大道对面，一伙人系着绳索从大楼上方荡下来，正在想尽办法踢破窗子。大楼上挂着一家大投资银行的名称，位于一张展开的世界地图下面。股票价格在昏暗的光线下跳动着。

许多抗议分子被捕了。这些人来自四十个国家，头上流着鲜血，手里拿着滑雪面罩。他们不想放弃他们的面罩。他看到一个女士边摘面罩边骂着，而警察用警棍戳她的肋骨。她向后挥舞着面罩重重砸在警察的头盔上。接着，所有的屏幕都把镜头对准了正在升起的车体。

他在监控摄像机下面的屏幕上看到了自己的影像。几秒钟过去了。他看到自己惊恐地往后缩。又过了一会儿。他感到自己悬在半空中，等待着。接着，传来一声爆炸声，又响又沉，足以将周围所有的信息吞没。

他惊恐地往后缩。每个人都是如此。这是个熟悉的词语,表达一个姿态,体现在头部和四肢的动作里。他惊恐地往后缩。这句话在身体里回荡。

轿车终于停止了摇晃。人们都在考虑下一步该干什么。对他们来说,下一轮的行动势在必行。

炸弹在投资银行外爆炸了。他在另一个屏幕上看到了走廊上踉踉跄跄、慌乱逃窜的人影。这是大楼的监控设备拍下的。抗议分子进攻这幢大楼,从垮掉的入口闯进去,掌控了楼内的电梯和走廊。

大楼外面,警察用消防水龙带浇向抗议人群筑起的正在燃烧的路障。抗议的人群再次高喊口号,他们身上又充满了大无畏精神和道义的力量。

然而,他们似乎终于结束了对他轿车的攻击。

他们俩静静地坐了片刻。

他说:"你看到了吗?"

"是的,我看到了。那是什么?"

他说:"我正坐着。我们正在交谈。我看着屏幕。然后,突然……"

"你惊恐地往后缩。"

"是的。"

"然后就发生了爆炸。"

"是的。"

"不知这种事以前发生过没有?"

"发生过。我让人测试过我们的电脑安全系统。"

"没有错误?"

"没有。反正没有人能产生这种高效率。没有人能预测这种事。"

"你惊恐地往后缩。"

"在屏幕上是这样。"

"然后就发生了爆炸。然后……"

"真的往后缩了。"他说道。

"不管那可能意味着什么。"

她摸摸脸上的痣。她一边思考,一边用手指捏着这颗痣。他坐在旁边等着她的下文。

"这事跟天赋有关,"她说,"天赋可以改变生存条件。"

他喜欢听她说这些话,他还想听到更多的内容。

"你要这样来想这件事:脑子灵的人实属凤毛麟角,散落在四处。他们博学多才,是真正的未来主义者。像你这样具有狂热意识的人,也许能感悟到别人看不到的东西。"

他继续等待她的下文。

"技术对文明至关重要。为什么呢?因为它能帮助我们决定命运。我们不需要上帝或奇迹,也不需要大黄蜂的飞行路线图。但尽管如此,技术也是很难掌控的。它也可能失控。"

大楼上的电子屏幕遭到破坏,暗了下来。

"你一直在谈论迫不及待的未来。我们感到有压力。"

"那是理论。我是搞理论的。"她厉声说道。

他把目光从她身上移开,观看屏幕。大道对面的电子屏幕的顶端出现了一条信息。

一个幽灵在全世界游荡——
资本主义的幽灵

他认出了这是《共产党宣言》中的著名的第一句话的变体。这句话的意思是：一八五〇年前后，共产主义的幽灵笼罩着欧洲。

看来抗议的人群糊涂了，搞错了。不过，埃里克对他们的创意十分尊重。他打开遮阳车顶，探出头去。空气中弥漫着浓烟和气体，还有燃烧着的橡胶的气味。他想象自己是一名宇航员，降落在一个纯气体的星球上。一个戴着摩托车头盔的家伙蹬上车盖，要爬上车顶。托沃尔伸手把他拽了下去，然后把他扔到了地上，交给两个保镖收拾。保镖用电枪将他打晕了。埃里克几乎没有注意到电枪的噼啪声和形成的电流。他正在观看屏幕上的第二条信息，一条从北到南快速滚动的字带。

老鼠变成了货币单位

他过了一会儿才看清那些字，认出了这句话。他当然知道这句话。它出自一首他最近读过的诗，这是他挑出来进行研究的少有的长诗之一。这是一个被围困的城市的编年史中的一句话，半句话。

他身处这个场面感到极度兴奋。他的脑袋被浓烟包围着，看到周围的争斗和毁灭。呼吸着烟气的男男女女，斗志昂扬，挥舞着抢来的纳斯达克 T 恤衫。他明白，他们也一直在读他读过的诗歌。

埃里克坐了下来，过了许久才拿起网络电话，下达指令，再进更多的日元，数量惊人。他想要市面上所有的日元。

然后,他又把头伸出车窗外,观看暗灰色屏幕上反复跳动的字。警察在一个特种部队的带领下,对大楼进行了反击。埃里克喜欢特种部队。他们头戴防弹头盔,身穿深色雨衣,手握自动武器。

还有一件事情正在发生。那简直像空间的中断。埃里克不敢相信自己的眼睛:大约三十码开外,一个男人盘腿坐在人行道上,在一堆火焰中颤抖着。

埃里克的位置离那个人很近,他看清那个人戴着眼镜,身上着了火。周围的人把头转向一边,有的蹲在那里;有的站着用手捂着脸;有的毫无感觉地从那人身边走过;有的从旁边匆匆跑过;有的抽着烟,视而不见;有的吃惊地看着,身体瘫软,表情麻木。

风势大起来,火焰没那么高了,但那个人仍然僵坐在那里,他的脸清晰可见。人们看到,他的眼镜溶化进了他的眼里。

哀号之声在人群中蔓延开来。一个男人站在那里号啕大哭。两个女人坐在石街沿上哭泣,并用胳膊捂住头和脸。还有一个女人想用她的上衣灭火,但看来没什么用。她靠近他,用上衣扑打他身上的火,还怕伤着他。他轻轻摇晃了一下。他的脑袋烧了起来,在熊熊的火焰中断裂了。

他身上的衬衫烧成了灰烬,变成了青烟随风而去。他的皮肤被烧黑了,冒着油泡。人们闻到了烧焦的肉味,其中还夹杂着汽油味。

一个大汽油罐竖在他的膝盖旁,也在熊熊燃烧,那是他在自焚时点燃的。旁边并没有身穿褐色袍子的诵经和尚,也没有身穿灰色袍子的尼姑。看来是他独自做的这一切。

他可能很年轻,也可能不年轻。他这样做完全是出于他清晰的信念。人们希望他是个年轻人,为信念而献身。埃里克认为,连警察也宁愿是这样。没有人希望他是个精神错乱的人。这样会使他们的行动、所冒的危险,以及他们一起所做的工作都蒙受耻辱。他不是住在狭小房间里的过客,遭受这样那样的折磨,听着自己脑中的声音。

埃里克想象着此人的痛苦,他的选择、他那可怕的意志力,又想象他今天早晨在床上的情景:眼睛斜盯着墙,考虑那一刻之前要做什么事。他有必要去商店买一盒火柴吗?埃里克想象他打电话给远方的某个人,母亲或者爱人。

几名摄影师过来了,镜头不再对着重新控制大楼的警察和特种部队。他们以冲刺的速度向那个拐角奔去,摄像机在他们的肩头跳动。他们把镜头锁定在那个自焚者身上。

埃里克把头缩回车里,在折叠椅上坐下来,面对着维娅·金斯基。

殴打、毒气、爆炸、袭击、泡沫塑料老鼠、电子显示屏上股票行情和诗句、卡尔·马克思的语录,这一切都让埃里克感到这次的抗议活动具有戏剧性。金斯基说,这是市场梦幻惹的祸。埃里克认为她是对的。抗议者和国家之间存在着一种交易的阴影。这种抗议就像一种卫生系统,自己进行净化和润滑。它无数次地证明了市场文化卓越的创新能力。它能够为自己的目的灵活地塑造自己,吸收周边的一切。

看看这个自焚的人吧。在埃里克的身后,所有的屏幕都在播放这件事。一切行动都停止了,抗议分子和防暴警察也不再乱转,只有一些摄像机还在忙活。这件事改变了什么?他认为改变了一切。金斯基的观点错了。市场不是全部。市场不能承认那个自焚者,也不能同化他的行为。对这样极端的恐怖行为，市场也无能为力。

埃里克能够看到她脸上沮丧的表情。汽车内部的构造后窄前宽，她坐在他通常坐的代表权力的位子上。他知道，她是多么喜欢坐在这张皮椅上，白天或黑夜在这个城市里穿梭，以权威的口气说话。不过，她现在情绪低落，没有朝他看。

"这事并不新鲜。"她最后说道。

"嗨，那什么是新鲜的？他做了这件事，不是吗？"

"这不过是模仿别人的行为而已。"

"他往自己身上浇上汽油，用火柴点着了。"

"那些越南和尚一个个都会坐化。"

"想象那有多么痛苦。如果是你坐在那里，感觉这种痛苦。"

"他们用自己的身躯做祭品，前赴后继。"

"他们要用这种方式说话。要启发人们去思考。"

"这事并不新鲜。"她说道。

"有必要真把他当作一个和尚吗？他做了一件很严肃的事情。他牺牲了自己的生命。难道必须通过这种方式展示一个人的认真吗？"

托沃尔想要和埃里克说话。但车门被砸瘪了，变形了，托沃尔花了点时间才把它打开。埃里克俯身下了车，从金斯基边上经过，但她并没有看他。

从救护车里下来的急救人员用轮床开路，慢慢穿过人群。横马路上的警笛声不绝于耳。

自焚者的身体已经停止燃烧了，但还保持着僵硬的坐姿，冒着气雾。焦臭味随风飘来飘去。风又大起来，远处传来了雷声。

在轿车的一边，这两个男人避免对视，互不相看。轿车已经瘫痪了。车身被喷漆涂得红一道黑一道的。车壁上坑坑洼洼，还有许多长长的划痕。车身的涂鸦下还能看到撞击和变色的痕迹。

托沃尔说："刚才——"

"什么？"

"总部来报告了。担心你的安全。"

"有点儿晚了吧？"

"这是一份详细的分类报告。"

"那么有威胁了。"

"红色预警。高度紧急。这意味着有一场袭击正在谋划中。"

"现在我们知道了。"

"根据这个情况，我们现在必须采取措施。"

"但我们还是想要我们原来要的东西。"埃里克说道。

托沃尔调整了他的目光，直视着埃里克。这似乎是一次严重的违规，违反了他与埃里克目光交流、语言交流和手势交流的特殊规定。这是他第一次这样公然地审视埃里克。他一边看，一边点头，一副若有所思的样子。

"我需要理个发。"埃里克对他说道。

他看见一个警官拿着对讲机。看到这个情景，他想到了什么呢？他想问问这个人，为什么他依然拿着这个装置，迈着旧工业时代的愚蠢步伐，进入新时代闪亮的空间。

他回到车里，等待长时间的交通疏导。人群开始移动，有的人用头巾挡住尚未散尽的催泪瓦斯和警方的摄像机。人群中发生了小冲突。一些人踩着人行道上的碎玻璃四处逃散,还有一些人冲着坚守在交通安全岛上的警察发出嘘声。

他把听到的消息告诉了金斯基。

"他们认为这次威胁可信吗?"

"情况紧急。"

她十分高兴。她又恢复到自己的常态,心里暗暗笑了。接着,她望了望埃里克,突然大笑起来。他不清楚这有什么可笑的,却也跟着笑起来。他突然清楚地意识到了自我。

"很有趣,是吧?"她说道。

他等着她的下文。

"关于人类和永生。"

人们把那具坐着的烧焦的尸体盖起来,放在担架上抬走了。老鼠在马路上乱窜,天空中下起雨来了,接着是闪电。那场面就像是由人类改编的激动人心的戏剧。

"你居住在一个直入天国的摩天大楼里,却没受到上帝的惩罚。"

她觉得自己的说法很有趣。

"你买了架飞机。我差点儿忘了。苏联的,准确说是前苏联的。一架战略轰炸机。它的威力足以炸毁一个小城市。我说的对吗?"

"那是一架旧的 T-160。北大西洋公约组织称它为'黑杰克 A'。一九八八年左右部署过。它能运载核炸弹和巡航导弹,"他说,"这两样东西并没有包括在交易中。"

她拍起了手，显然既高兴又着迷。

"但是，他们不让你飞上天。你会驾驶它吗？"

"会，也飞上去过。他们不让我带武器上天。"

"谁不让？"

"国务院、五角大楼，还有烟酒管理局、枪械管理局。"

"俄国人呢？"

"什么俄国人？我是从哈萨克斯坦黑市上一个比利时军火商那里以极低的价格购买的。我就是在哈萨克斯坦沙漠的上空，用了半个小时掌控了飞机。三千一百万美元。"

"现在飞机在哪里？"

"停在亚利桑那州的一个机坪上。它的部件需要更换，但没人能找到这些部件。飞机任由风吹雨淋。我偶尔会去看看。"

"去干吗？"

"就是去看看它。它是我的。"他说道。

她闭上眼，沉思起来。屏幕上滚动着各种图表和最新的市场信息。她一只手紧握另一只手，用力太大，以至于血管变平，关节处失去血色。

"人们不会消亡。这难道不是新文化的信条吗？人们将融入信息流。我对此一窍不通。电脑将会消亡。它们将在现存的形式中消亡，一个盒子、一个屏幕、一个键盘。电脑将融化在日常生活中。是不是这样？"

"甚至连'计算机'这个词也不例外。"

"就连'计算机'这个词听起来也很落后和愚蠢。"

她睁开眼睛悠悠地说着，目光像是要把他看穿似的。埃里克开始想象，在午夜的烛光下，她依偎在他的胸前，并不是出于性或疯狂，而是要在他阵阵的睡眠中用她的理论扰乱他的梦境。

她继续说着。这就是她的工作,她生来就是做这个的,而且获取报酬。然而,她信奉什么呢?从她的眼睛里看不出来。至少对于他而言,她的眼睛是暗淡的、灰色的、孤傲的,没有生气;只有在悟出某个道理或揣摩出某件事的时候,她的眼睛才会闪亮。哪里才是她的生命所在?她回家后做些什么?家里除了猫之外还有谁呢?他认为,她的家里必须有只猫。她和猫会谈论这些事情吗?猫没有资格。

他想,如果问问她有没有猫,这就破坏了他们之间的相互信任,更别说问她有没有丈夫、情人,以及人寿保险了。周末你有什么安排?这个问题会被看成一种冒犯。她会转过身去,很生气,觉得受到了侮辱。她只是作为一个声音存在,身体不过是后加上去的,带着苦笑,优雅地穿过拥挤的车流。一旦公开她的历史,她就会消失。

"我对此一窍不通,"她说,"芯片很小,却威力无穷。人类和电脑融合在一起了。这超出了我的认知范围。永不终结的生命开始了。"她瞅了瞅埃里克,"一个伟大男人的自焚与他那永生的梦想不是背道而驰吗?"

金斯基赤裸着依偎在埃里克的胸前。

"男人们考虑永生,不在乎女人们怎么想。我们在这里太渺小、太真实了,显得微不足道,"她说,"历史上伟大的人物都希望永生。甚至在他们监督人们把自己的陵墓建立在太阳落下的西岸时,他们仍然抱着这个希望。"

金斯基在他的梦魇里发表着评论,栩栩如生。

"你坐在那里,有着卓识的远见和值得骄傲的行为。如果能在光盘上活着,为什么要死呢?一张光盘,不是一座坟墓。一种超越肉体的理念。你的心灵代表了你的过去和未来,永不会疲倦、困惑或受损。这样的事情怎么发生的,这对我来说是个谜。有一天它会发生吗?它的发生比我们想象的还要快,凡事都是如此。也许今天晚些时候就发生了。也许今天砰的一声什么事都会发生,不管是好事还是坏事。"

暮色降临,空气中有一丝苦涩的味道。他站在他的轿车外,看着一辆辆出租车从混乱的交通中撤出。他不知道自己有多久没有感觉这么好了。

多久了?他不知道。

电子显示屏上货币行情发布功能已经恢复正常。日元显出强劲的势头,以 10^{10} 分之一秒的增长速度直逼美元。这很好。这好极了。这激发埃里克以 10^{21} 分之一秒的速度思考,望着那些数字不停地跳动。股票行情也很好。他看到股票价格大跌。这种快感使他把头往后仰,张开嘴巴,对着天空,任凭雨水打到脸上。

大雨倾盆而下,洗刷着空无一人时代广场,广告牌上摇曳着鬼魂般的灯光。用轮胎搭成的路障几乎被彻底清除,第四十七号大街的西面畅通无阻了。这场雨下得好。但那个威胁更好。埃里克看到一些游人撑着伞在百老汇慢慢走着,盯着人行道上那块烧焦的地方看,那就是一个不知名的男人自焚的地点。这是一件严肃而令人难以忘怀的事。这对此刻和此日来说正合适。然而,那个真正的威胁使埃里克加快了脚步。雨水拍打着他的脸庞,他感觉很好。对轿车上残留的尿液发出的酸臭味,他感觉也很好。市场有下降趋势。他能从这些不幸中找到快乐。在黑夜来临之际,死亡的威胁对他说,他所熟悉的命运法则就要现身了。

现在他可以开始生活了。

第 二 部

第 三 章

她生有棕红色的皮肤和一张轮廓分明的脸颊。她的嘴唇上有一种蜂蜡般的光泽。她喜欢被人看,在众目睽睽之下脱衣服成为令她自豪的一件事。她喜欢略带着显摆的挑衅,一件件除去衣衫。

当他们做爱的时候,她穿着她那件化学纤维的甲胄。这是他的主意。她告诉他,这种弹道纤维是目前市面上出售的面料中最轻、最柔软的,也是最牢固的,而且防戳刺。

她叫肯德拉·海斯,在他面前她显得轻松自若。他们调情长达两个半小时。他在她身上东舔西舔,啧啧地发出声响。

"你做了健身。"她说道。

"我现在的体脂数是百分之六。"

"我过去也达到过这个指标。后来我变懒了。"

"你是怎么做的?"

"早上在健身器上运动,晚上在公园里跑步。"

她有着红棕色的皮肤,或者说是赤褐色的,那是一种紫铜和青铜的混合色。他很想知道她是否觉得自己是个普通人,独自搭乘一部电梯,想着午饭吃什么。

她脱下背心,将服务员送来的苏格兰威士忌放在窗台上。她把衣服折叠起来放在旁边的椅子上。他想在他的沉思室里静静地度过一天,只看她的脸蛋和身体,就好像道家的一种修炼,或者说一种思想的斋戒。他并没有问她对那个确切的威胁知道些什么。他不是个对细节感兴趣的人,至少目前是如此。再说,托沃尔也不愿意对保镖们说那么多。

"他现在在哪儿?"

"谁?"

"你知道的。"

"他正在大堂。你是说托沃尔吧?他正看着人们进进出出。丹科在外面的大厅呢。"

"他是谁?"

"丹科。我的伙伴。"

"他是新来的。"

"我是新来的。自从巴尔干半岛发生那些战争以来,他一直在暗中保护你。他是名老兵。"

埃里克盘腿坐在床上,一面往嘴里扔着花生米,一面盯着她看。

"关于这事,他是怎么对你说的?"

"托沃尔?你说的是他吗?"她觉得很逗,"说他的名字啊。"

"他是怎么对你说的?"

"就是要保证你的安全。这是他的工作。"她说道。

"男人都有占有欲。难道你不知道这点吗?"

"我听过这种传言。但事实是,从技术上讲,我一个小时前就下班了。所以,我们在这里约会,我用的基本上是我自己的时间。"

他喜欢她。他越是知道托沃尔恨她,自己越是喜欢她。托沃尔为此会对她恨之入骨。他会连续几个星期,从他浓密的眉毛下用眼睛瞪着她。

"你觉得这有意思吗?"

她说:"什么?"

"保护某个身处险境的人。"

他想要她往左边移一点儿,这样她的屁股就可以被旁边台灯的光照亮了。

"是什么让你愿意这样做?冒这个风险?"

"也许你值得我这么做。"她说道。

她将一根手指浸入饮料中,却忘了舔。

"也许只是为了酬金吧。酬金不菲。风险?我从未考虑过风险。我认为冒风险的是你。你才是那个被枪口对着的人。"

她认为这很可笑。

"不过,这有意思吗?"

"靠近一个别人想杀的人是很有意思的。"

"你知道他们说什么,对吗?"

"什么?"

"生意的延伸就是谋杀。这是符合逻辑的。"

这也很可笑。

他说:"朝左边移过来点儿。"

"朝左边移过来点儿?"

"好了。很好。好极了。"

她的皮肤呈现出狐狸般的棕红色,头发扎成辫子,在头上盘起来。

"他给了你什么样的武器?"

"电枪。还是信不过我，不肯给我致命武器。"她靠近床，从他手中接过一杯伏特加。他不停地往嘴里扔花生米。

"你应该吃些更健康的东西。"

他说："现在已经和以前不同了。你可以使用多少伏电压？"

"十万伏吧。可以搞乱你的神经系统。让你跪倒在地。就像这样。"她说道。

她在他的生殖器上倒了几滴伏特加。他感到一阵刺痛，火辣辣的。她倒酒的时候大声笑着，他希望她再来一次。她又倒了几滴，接着弯下腰把酒舔干了，用伏特加同他完成了口交，然后跪跨在他身上。她两手各拿一杯酒，并试图在他们俩笑着颠鸾倒凤时保持平衡。

她在淋浴时，他喝光了她杯中的威士忌，并大把地吃着花生米。他看着她洗澡，心想她是个喜欢穿吊带、束皮带的女人。对于身体的某些部位，她是绝对不肯裸露的。

然后，他站在床边看着她穿衣服。她从容地将甲胄裹住上半身，穿上裤子，再穿上鞋。当她往臀部上系手枪皮套时，她看见他穿着短裤站在她面前。

他说："用电枪打晕我吧。我是认真的。拿起枪，朝我开吧。我想要你这么做，肯德拉。让我体会一下这是什么感觉。我在寻找更多的感觉。让我感受我从来不知道的感觉。让我彻底晕过去，一直晕到我的五脏六腑。来，干吧，扣动扳机。瞄准，然后开枪。我希望枪上所有电压开足。干吧，开枪，马上。"

他的轿车停在宾馆外，对面是巴里摩尔剧院，幕间休息时那里总有一些抽烟的人聚集在大门罩下。

他坐在轿车里，通过网购买入日元，看着他资金的数字消失在几个屏幕上。托沃尔双臂交叉站在雨中。他孤零零的身影拉出一条长长的影子，面对着空荡荡的装卸码头。

对日元的狂热使得埃里克不再受大脑新皮层的影响。他觉得比以往更为自由，同他下脑部的感知更为合拍。当他需要凭直觉采取行动的时候、需要做出最初判断的时候、需要保持独立原则和信心的时候，他却远离这种需要。这就能够解释为什么人会犯糊涂，而鸟儿和老鼠则不会。

电枪很可能起作用了。强大的电压将他的肌肉凝结成胶状，持续了十到十五分钟。他在宾馆的地毯上打滚，电击的痉挛和奇异的快感剥夺了他的正常思维。

不过，现在他还能思考，还能够理解发生了什么事。货币到处都在暴跌。银行破产在蔓延。他找到了保湿烟盒，点上一支雪茄。金融战略家也无法解释这次货币暴跌的速度和深度。他们张开嘴，就滔滔不绝地说上了。他知道这是日元惹的祸。他对日元采取的行动造成了金融混乱的风暴。他得到了大量金钱的补充，他公司的证券投资是如此庞大，涉及面广，关键性地连接了众多重要机构的事务，双方对彼此来说都很脆弱，以至于整个体系岌岌可危。

他一面抽着雪茄，一面看着屏幕，感到自己强大、自豪、愚蠢和高傲。他也觉得乏味，对他们有点儿鄙视。他们做得过头了。他想，也许一两天后这一切就能结束。他正打算向司机发个指令，突然注意到剧院大门罩下的人们正注视着他这辆被砸过、被喷漆涂鸦过的轿车。

他摇下车窗，仔细瞧着站在那边的一个女人。起初，他以为是埃莉斯·希夫林。他想起了他妻子的全名，这就是他有时对妻子的看法，因为她在报纸上的社会栏目和时尚书刊中小有名气。接着，他又拿不准这个女人究竟是谁了，要么是因为他的视线部分被阻挡，要么是因为这个女人手里点着一支烟。

他使劲推开车门，向街道对面走去。托沃尔一直跟在他身边，控制住自己的愤怒。

"我需要知道你去哪里。"

"等会儿你就知道了。"他说道。

当他走近这个女人的时候，她正在往别处看。从侧面来看，不太明朗，但她就是埃莉斯。

"你从什么时候开始抽烟的？"

她没有回过头来看他，就回答了。她说话的声音仿佛来自远处。

"我十五岁时就开始抽烟了。这是一个女孩要学会的事情之一。这件事告诉她，她不只是一个谁也不想看的干瘪身体。她生活中充满了戏剧性。"

"她注意自己了。其他人也注意她了。后来，她嫁给了其中一个人。再后来，他们一起去吃饭。"他说道。

托沃尔和丹科分列轿车两边，车子有意沿着出租车较少的街道行驶。夫妻俩在选择最近的餐馆。车上有一个屏幕显示出该街的餐馆指南，于是埃莉斯选择了一家可靠的老字号地下小酒馆。埃里克向车窗外望去，看到墙上的一道裂缝，店名叫"小东京"。

酒馆里没有顾客。

"你穿着一件开司米羊绒衫。"

"对,我是穿着。"

"米色的。"

"没错。"

"你还穿着那件手工珍珠镶边的裙子。"

"是啊。"

"我注意到了。戏演得怎么样啊?"

"我在幕间休息时离开了,不是吗?"

"戏是什么内容?是什么人演的?我在和你说话呢。"

"我也是一时兴起才去的。观众少得可怜。大幕拉开五分钟之后,我就知道为什么了。"

服务员站在桌子旁边。埃莉斯点了一份混合蔬菜沙拉,如果做得出来的话;还要了一小瓶矿泉水。不要气泡水,要普通的那种。

埃里克说:"给我一份用汞盐腌过的生鱼。"

他面对大街坐着。丹科就站在门外,另外那名女保镖并没有和他在一起。

"你的夹克衫哪儿去了?"

"我的夹克衫哪儿去了?"

"你早些时候是穿着一件夹克衫的。这件夹克衫哪儿去了?"

"我想,是在混战中丢掉了。你看到我的车了。我们刚才被无政府主义者袭击了。就在两个小时之前,他们举行了一次声势浩大的全球性抗议。算了,忘掉它吧。"

"还有一些别的东西,我希望我也能忘掉。"

"你闻到的是我吃的花生米。"

"当我站在剧院外面的时候,我难道没有看见你从宾馆出来直接上了街吗?"

他很享受这一切。她扮演着小小的审问官的角色,这让她难以应付,却让他觉得自己像个男孩一样创意迭出,桀骜不驯。

"我可以告诉你,当时我的全体雇员正在举行紧急会议,商量如何应对这次危机。最近的那间会议室就在宾馆里面。我也可以告诉你,我得使用大堂里的卫生间。轿车里也有卫生间,这你是不知道的。我去宾馆的健身房,排遣一天的压力。我可以告诉你,我在跑步机上花了一个小时。然后,如果有游泳池的话,我就去游泳。或者我上屋顶看闪电。我喜欢雨水淅淅沥沥滴下来,不过最近这种情况少多了。最近的雨基本上是拍打型的,雨水在屋顶形成小小的波浪。或者,轿车里的酒柜莫名其妙地空了,我就会进宾馆喝一杯。我可以告诉你,我进去喝了一杯,是在大堂外面的酒吧里喝的。那里的花生总是那么新鲜。"

服务员说:"请慢用。"

她看看她盘子里的沙拉。然后,她开始吃起来。她直接往里挖,把它当作食物来吃,而不是当作某种压制出来的科学无法解释的物质。

"那就是你想带我去的宾馆?"

"我们不需要宾馆。我们可以在女厕所里干。我们可以去陋巷深处干,把那些垃圾桶碰得格格作响。注意,我正设法以最普通的方式跟你接触。去看、去听,去注意你的情绪、你的衣服。这很重要。你的长筒袜是不是穿直了?我对这个还是有一定的了解。人们的外观怎么样。人们穿些什么。"

"他们的气味怎么样,"她说,"你介意我说这个吗?我是不是太像个妻子了?我来告诉你问题是什么。我不知道怎样变得冷漠。这个我学不会。所以我容易感到痛苦。也就是说,它给我带来痛苦。"

"这很好。我们和其他人说话没有什么两样。他们不就是这样说话的吗?"

"我怎么知道?"

他一口喝光了杯中的日本清酒。接下来是长长的沉默。

他说:"我的前列腺不对称。"

她靠在椅背上琢磨起来,关切地望着他。

"这是什么意思?"

他说:"我不知道。"

他们俩的情绪有个明显的调整过程,双方都有些不安和敏感。

"你得去看医生。"

"我刚看过医生。我每天都去看一次医生。"

房间和街道都完全安静下来。此刻他们正在低声说话。他没想到他们此刻的感觉会如此亲密。

"你刚看过医生?"

"我就是看医生时才得知的。"

他们俩都在想这件事。鉴于此刻变得严肃起来,双方开始说一些略带幽默的话。也许是因为人体的机能障碍会让你慢慢死去,于是就出现了关于身体某些器官的幽默。那些至爱亲朋在你的病床边,眼睛越过被弄脏了的床单望着你,而其他人则在门厅里抽烟。

"我说,我因为你的美丽而娶了你,但你不一定要长得美丽。我娶你是有点儿图你的钱,这些钱是通过你们家族几代人的历史、通过世界大战堆积起来的。这并不是我想要的,但有点儿历史是很美妙的。有家族保留下来的东西。古老的酒窖。两个人品尝一点儿墨尔乐葡萄酒,一起吐出红色的酒汁。这很傻,但很美妙。庄园自酿的瓶装酒。山顶别墅下面,有文艺复兴时代花园里的雕像,竖立在柠檬树丛之中。不过,你不必非得有钱。"

"我只要冷漠就行了。"

她开始哭了起来。他从未见过她哭泣,感到有点不知所措。他伸出了一只手。这只手就在两个人之间一直伸着。

"你在我们的婚礼上扎了一条穆斯林头巾。"

"没错。"

"我母亲喜欢。"她说道。

"是的。可我感觉到一种变化。我正在改变。你刚才没看菜谱吗?他们有绿茶冰激凌。这可能是你喜欢的东西。人们都在变。现在我知道什么重要了。"

"这个话题谈起来很乏味。请别说了。"

"我现在知道什么重要了。"

"那好吧。可是注意这怀疑的口吻,"她说,"现在什么重要?"

"要掌握我周围的情况。要理解另一个人的处境、另一个人的感受。简而言之,要知道什么是重要的。我过去认为你必须美丽。可现在不再是这么回事了。今天早些时候是这样的。那时候是这样,现在就不是这样了。"

"这就是说,我是不是可以这样理解:你认为我不美丽。"

"为什么你一定要美丽呢？"

"为什么你一定要富有、出名、聪明、强大，并让人生畏呢？"

他的手依然悬在他们俩之间。他拿起她的水瓶，喝光了剩下的水。然后，他告诉她，帕克资本公司的投资组合在一天之内几乎化为乌有，他数以百亿的个人财富也随之消失殆尽。他还告诉她，有人在这个风雨交加的夜里，对他的生命进行了实实在在的威胁。说完，他看着她慢慢吸收这个消息。

他说："你在吃东西。这很好。"

可是她并没在吃。她正在琢磨这个消息，默默地坐着，叉子摆在面前没动。他想把她带出去，带到小巷里与她发生性关系。除此之外，还能怎样？他不得而知。他也想象不出来。可当时他完全不能这样做。他明白，他眼前的未来和延伸的未来将会压缩成未来数小时、数分钟或者更短的时间，不管在这段时间里发生什么事。这就是他认识到的真正的预期寿命的唯一定义。

"没事。很好，"他说，"这让我感到从未体会过的某种自由。"

"这太可怕了。别说这种话。你要自由地去做什么？破产，然后死去？听我说，我会给你提供金钱援助，我会尽我所能真正地帮你。你可以东山再起，以你自己的步伐，用你自己的方式。告诉我你需要什么。我保证一定会帮你。可是作为夫妻，作为婚姻，我认为我们完了，不是吗？你说到要自由，今天就是你的幸运日。"

他的钱包忘在夹克衫里了，这件衣服还在宾馆的房间里。她拿起了账单，又开始哭泣。她一直哭到喝完了那杯柠檬茶。然后，他们紧紧相拥，一起走到门口，她的头枕在他的肩膀上。

他发现他的雪茄在酒柜上的烟灰缸里闷燃，于是再次把它点着了。雪茄的香味给他一种强壮健康的感觉。在这燃烧的烟叶里，他闻出了幸福、长寿，甚至还闻出了平和的父亲身份。

街对面还有另外一家剧院，靠近这个街区荒凉的一端。那是巴尔的摩剧院。他看到了剧院正面的脚手架，以及附近大垃圾桶中的建筑渣土。一项重建工程正在进行。前门被锁住了，可是依然有人溜进舞台入口，年轻的男男女女，成双结队地偷偷摸摸进去。他还听到闹哄哄的噪声，或是施工的机械声音，或是从剧院大楼内部传来的阵阵热闹的音乐声。

他知道，他要采取行动了。但首先他必须损失更多的钱。

他手表上的水晶面也是个显示屏。当他激活它的在线功能时，其他的功能就退出了。他花了一点儿时间来破解一组加密的签名。他就是这样采用黑客手段进入公司系统的，用一些钱来检测它们的安全性。这次他用这个手段来检验银行、股票经纪机构，以及埃莉斯·希夫林的国外投资账户。然后，他伪造她的名义，将这些账户里的钱转到帕克资本公司。几乎是同时，他在围绕他手表底座的一圈微型键盘上按下一些数字，为她在自己的公司开了一个新账户。然后，他开始亏钱，开始在市场的硝烟中系统地展开他的计划。他这样做是确保他无法接受她金钱上的帮助。她的姿态感动了他，但拒绝当然是必要的。否则，他就会在他的灵魂里死去。不过，这不是他糟蹋她继承来的金钱的唯一原因。他做出自己的一个姿态，这标志着具有讽刺意味的最后的束缚。让一切降临吧。让他们俩看看彼此的纯洁和孤独吧。这是一方对神话般婚姻的报复。

她的身价是多少？

这个数字让他大吃一惊。总数是七亿三千五百万美元。这个总数似乎很少，相当于十七个邮政员工分享一个彩票大奖。这些数字听起来微不足道，他试图为她感到惭愧。不过，这都是空话，是说话时口中流出的空气，是虚拟空间中相互作用的一行行代码。

让他们在迷人的光线下看到对方干干净净的。

丹科把他领到剧院门口。那里站着一个看场子的壮汉，高大威猛，大拇指上戴着指环，上面有宝石镶嵌的骷髅图形。丹科对他说了几句话，然后掀开自己的外套，露出腰间别着的枪。这是秘密行动的明证，于是这个人向他指明了路。埃里克跟着他的保镖走过一条潮湿的灰色通道，再爬上一个陡峭狭窄的金属阶梯，来到场子上方的天桥。

他俯视着一个电子音乐轰鸣的破旧不堪的剧院。乐池和包厢里挤满了人。在尚未拆除的二层楼厅里有一群舞者，他们分散在楼梯上、大厅里，疯狂地旋转着。舞台上，舞池里，无色的灯光下，到处都是疯狂扭动的人们。

一条用床单做成的手写的横幅，从楼厅上悬挂下来。

最后的电子音乐嘉年华

音乐单调地重复着，在电脑操控下变成了长长的打击乐，伴随着远处开挖隧道的声音，有力地搏动着。

"这太疯狂了。整个剧场都被占据了。你怎么看呢？"丹科说道。

"我不知道。"

"我也不知道。但我认为这太疯狂了。就像聚众吸毒的场面。你说呢？"

"没错。"

"我想这是最新的毒品,名叫'奴佛卡因'。它能解除痛苦。看看他们的感觉多好啊。"

"他们都是些孩子。"

"他们是孩子,没错。但他们有多大的痛苦需要吸毒呢?音乐,对,太吵了,那又怎么样呢?你看他们跳得多美啊。可他们没到年龄,不能买啤酒喝,这又有多大的痛苦呢?"

"现在每个人都有足够的痛苦。"埃里克对他说道。

在这个环境中,说话和倾听都很费劲。最后,他们不得不看着对方,在震耳欲聋的音乐声中靠读对方的唇语来交流。既然他知道了丹科的名字,他就能够看清这个人了,哪怕只是一部分。这个人四十岁左右,中等身材,从额头到脸颊有一道疤,鼻子弯曲,粗硬的板寸头。他虽然穿着高翻领毛衣和夹克衫,可他的身体却是历经磨难,遭受过极端的痛苦。

音乐声吞没了他们周围的空气,声音是从安装在墙上残存壁画中间的巨大麦克风里发出的。他开始感到恍如隔世,感到一种奇怪的心律失常。这些舞者似乎存心与音乐对着干,当音乐节奏紧促起来,他们反而大大地放慢了舞步。他们张着嘴,摇头晃脑。所有的男孩都长着蛋形的脑袋,而女孩们一个个都像瘦瘦的精灵。光源来自楼厅上面的灯光控制室,射出一道道长长的彩色冷光。对一个从上面俯瞰的人而言,舞台灯光带点仁慈地照在这帮疯狂的人身上,对这种不祥的声音是一种视觉上的抵消。音乐中隐隐含有一种遥远的声音,像一个女性的声音,可又不是。它如泣如诉,似乎说着一些道理,可又不是。他聆听着这种超越任何人类语言的声音。但当音乐停止,他又听不到这种声音了。

"我简直不敢相信自己来到了这个地方。"丹科说道。

他看着埃里克,微微一笑。他笑自己竟然来到这个地方,来到这些疯狂的美国青少年中间。置身于令人失去理智的音乐,让数码的音色取代人的皮肤和头脑。空气中有一种具有感染力的东西。不仅仅是音乐和灯光吸引你,还有缺失了座位、油画和历史的剧院里那种集体舞蹈的壮观景象。埃里克想,这个叫作"奴佛卡因"的毒品也是原因之一。它将毒效从吸毒者的身上传到了没吸毒的人身上。你看到他们在干什么。起初你只是在一旁观望,接着你也陷进去了,然后和他们在一起,成为他们中的一员。最后,你和他们挤作一团,步伐一致地跳舞。

他们看上去都是飘飘然的样子。他想,这种毒品可能具有分离的功效,将思想和身体分离。他们是一群没有思想的人,远离忧虑和痛苦,毫无表情地重复着舞步。电子音乐的所有危害都尽在这种重复中了。这就是他们的音乐,吵闹、乏味、没有生气,而且受电脑控制。他开始喜欢这种音乐了。

然而,看着他们跳舞,他却感觉自己老了。一个时代的来临和离去并没有他的介入。他们互相融合在一起,因此并不会作为个体而枯萎。这种噪声在他的头发和牙齿中牢牢扎根,几乎令人无法忍受。他看到、听到的太多了。然而,这是他对不正常的精神状态的唯一抵抗。他从未接触或品尝过毒品,甚至从未见过,于是他觉得自己有点惭愧,而对在那里狂呓的人群却产生了一丝敬意。

"你告诉我什么时候离开。我带你出去。"

"他在哪儿?"

"在入口处。你是说托沃尔吗?他在入口处盯着呢。"

"你杀过人吗?"

"你说呢?就像吃午饭。"他说道。

此时,这些舞者处于一种恍惚的精神状态,舞步极其缓慢。音乐继而转向哀婉,抒情键盘不断跳动,把每个惆怅的音符都连接起来。这是最后的电子呓语,是一切结束的前奏。

丹科领着他走下长长的楼梯,穿过走廊。在一些化妆间里,恣意狂欢的人们随意坐着或躺着,倒在彼此的身上。他站在一个化妆间的门口,望着里面的一切。他们无法说话,也无法走路。一个人舔着另一个人的脸,这是房间里唯一的动作。即使当他的自我意识变得越来越弱时,他还是可以看到他们在药物引起的极度兴奋中的样子。他们脆弱的心灵和实现自我的那种渴望,令人感到心疼和动容,因为他们都是些孩子,努力不让自己在空气中散去。

快要走到舞台门口时,他才突然意识到丹科不在他身边了。这个他能理解。这个人回去跳舞了,远离他的那些战争和战场上的尸体,他的思想在第一束灯光出现的时候就被点燃了。

他亦步亦趋地跟着托沃尔走到他的轿车前。雨已经停止了。不错。显然,本来就该如此。街上有钠灯的微弱光线,还有一种慢慢展开的紧张气氛。

"他去哪儿了?"

"自愿留在里面了。"埃里克说道。

"很好。我们不需要他了。"

"她呢？"

"送她回家了。"

"很好。"

"很好，"托沃尔说，"看起来不错。"

轿车里有一位不速之客。她斜坐在长软座上，打着瞌睡，身上全是塑料袋和旧衣服。托沃尔一把将她拖出车外。她做了一个舞蹈般的挣脱动作，站在那里，看上去就像一堆破烂。破旧衣服、打包的财物和救济穷人的三明治食品袋，一股脑儿全都挂在她的腰带上。

"我需要一个吉卜赛人。这里有人会看手相吗？"

这种从来没听到过的声音就像来自外星球。

"那脚怎么样？"她说，"看看我的脚相。"

他伸手到口袋里掏钱，感觉有点儿傻乎乎，又有点儿懊恼。他赚到的钱财足以在一颗行星上开拓殖民地，却又失去了它。这个女人穿着一双烂底鞋在街上啪嗒啪嗒地走，但他的裤兜里竟然掏不出钞票、硬币或者支票什么的。

轿车穿过第八大道，出了剧院区，离开了夜总会和休闲场所林立的街面，经过零售铺集中的市场、航空售票厅、汽车展示厅，进入了最不起眼的当地混合居民区。这里有不少干洗店和中小学校园，让人想起过去"地狱厨房"①里的喧闹、争吵、斗殴，以及人们对老式砖瓦房的火警逃生梯的不满。

---

① 指十九世纪下半叶美国纽约市最脏、最臭、犯罪率最高的贫民区。

街上车辆稀少，但轿车还是按照令人厌烦的日常速度慢慢开着。这是因为埃里克坐在座位上，隔着打开的车窗和托沃尔交谈，而后者在轿车旁边步行。

"我们知道些什么？"

"我们知道对方不是个团体。对方不是个有组织的恐怖团伙，也不是勒索赎金的国际绑票组织。"

"那么对方是一个人。我们在乎吗？"

"我们不知道他的名字。但我们接到过他的电话。总部正在分析声音数据。他们已经做出了一些判断。他们正在预测这个人的行动过程。"

"为什么这个对象引不起我的好奇心呢？"

"因为这无关紧要，"托沃尔说，"无论他是谁，他就是他。"

埃里克表示同意，不管这话是什么意思。他们的轿车从街道两边一排排待收的垃圾罐中穿过，经过冷清的宾馆和用于表演的犹太会堂。街上有泥水，他们越往前开，水就越深，现在已经达到三四英寸了，这是今天早些时候总水管爆裂留下的积水。身穿荧光马夹和长筒靴的工人还在泛光灯下干活儿。托沃尔抬高脚步，踏过堆积多年的污泥。他每跨一步，都会溅起一片污水，直到河流般的积水逐渐变成一英寸的浅水。

前面警方设置的路障，堵住了通往第九大道的路。起初，托沃尔认为这跟街道被淹有关，可是大道的另一边居然没有清洁工人在干活儿。后来他想，总统的车队最终摆脱了市中心拥挤的交通，正在去某个官方招待会的路上吧。然而，远处传来了音乐声，人们开始聚集。人太多了，他们年纪也太轻，佩戴着耳机。这说明总统的车队不可能经过这里。最后，他和守在路障旁的一名警察攀谈起来。

一支送葬的队伍正在行进。

埃里克下了车,站在街角的自行车店附近,托沃尔则杵立在他身旁。有一个高大的男子穿越聚集的人群走过来。此人身材魁梧,肉墩墩的,面容严肃,穿着浅色的宽松裤和一件黑色无袖皮衬衫,身上多处佩戴着铂金饰品。他叫科兹莫·托马斯,管理着十几名说唱歌手。他曾经和埃里克合伙拥有一批赛马。

他们俩握了握手,并草草地拥抱了一下。

"我们来这里干吗?"

"你没听说?"

埃里克说:"什么?"

科兹莫怀着崇敬,捶了一下自己的胸脯。

"布鲁瑟·费斯。"

"他怎么了?"

"死了。"

"不会吧!怎么会呢?不可能。"

"死了。死掉了。今天早晨死的。"

"我怎么不知道?"

"葬礼进行了一整天。他的家人想给这座城市一个悼念他的机会。唱片公司看到了商机,想弄成一个盛大的事件。规模大,又隆重。送葬的队伍一条街一条街地开过去,直到天亮。"

"我怎么不知道?这怎么可能?我喜爱他的音乐。我的电梯里还有他的音乐。我熟悉这个人。"

他熟悉这个人。他这番话的哀伤在这个人的音乐中能找到共鸣,这种卡瓦里音乐①祈祷般的节奏和即兴发挥的模式,已有一千多年的历史了。当送葬的队伍来到大道,音乐声变得更响亮了,盖过了外面的车流声和停车的噪声。

"什么,他们开枪把他打死了?"

先是警察的摩托车小队以楔形队列开过来。两辆私家安保车分两边跟随,其后中间是一辆警方的巡逻车。很清楚,又一个说唱歌手死去了。一个说唱歌手的礼仪在一片噼里啪啦的枪声中作废了,因为他未能用敬意、金钱或者女人表达出对某个敏感大人物的崇拜。这样有影响的人物突然在混乱中结束了生命。这就是他的末日,不是吗?

科兹莫斜眼瞅着。

"费斯有多年的心脏病,从上中学就开始了。他一直不断地在看专家门诊,也在尝试信仰疗法。他就是心脏累垮了。这并不是某个小巷的暴徒干的。这个人从十七岁开始,开车时从未被警方做过呼气酒精测试。"

接着,开来了十辆花车,车两边的白玫瑰在微风中摇曳。随后就是灵车。这是一辆敞篷车,费斯静静地躺在后部稍稍抬起的棺材里,为的是让人们看清他的遗体。鲜红的长春花,遍布车上。这是阴间的花朵,可以让死者的灵魂能找到绿茵安息。

死者的声音被放大了,从送葬队伍的后方传来,用令人昏昏欲睡的慢节奏吟唱着,还有簧风琴和手鼓的伴奏。

"希望你没有失望。"

"失望了。"

---

① 一种用于祈祷的穆斯林音乐。

"我们这位并没有遭到枪击。希望他没有辜负你。他的死是自然原因。这真是令人沮丧。"

科兹莫用大拇指朝自己的肩膀后面指指。

"你的超长豪华轿车怎么了?让一辆好车在公众面前破相。这是个丑闻,伙计。"

"什么事不是丑闻呢?死亡也是个丑闻。但我们每个人都得死。"

"这应该是我夜里听到的话。因为我知道你不可能这么说的。"

几十名妇女同那些轿车并排走着。她们戴着头巾,身披斗篷,手上留有涂指甲时留下的红色痕迹,光着脚,不断恸哭。科兹莫又捶打自己的胸脯,埃里克也是一样。他认为,他这位朋友安息的样子令人肃然起敬:留着完整的胡须,身穿白色丝织长袍,风帽折在脑后,头上戴着正宗的红色土耳其帽,颇时髦地歪斜着。他在自己改编的古老苏菲音乐的说唱声中安卧,这是多么感人的一幕啊。他是用旁遮普语、乌尔都语,以及流行的黑人英语来说唱的。

被枪击很容易

尝试过七次

现在我就是个独吟诗人

唱我自己的顺口溜

人很多,却很安静,沿着人行道排开。身穿睡衣的人们从经济公寓的窗口往下看。费斯的四名贴身保镖护卫着灵车,缓缓前行,四人各据一角。他们身穿黑套装,戴着黑领带,脚蹬锃亮的牛津鞋,手持猎枪。

埃里克喜欢这个情景。人死了保镖还在身边。埃里克认为,这十分可取。

随后来的是霹雳舞者，穿着烫平的牛仔服和帆布运动鞋。他们来这里是为了证明逝者的历史。他出身于布朗克斯区的雷蒙德·盖泽斯家庭，曾经是小有名气的霹雳舞者。这些人是他同时代的舞者。六个人在大道的六条车道上一字排开。他们都是三十五岁左右，在跳了这么多年的霹雳舞、经历了难以忍受的头着地旋转之后，重返街道。

"我喜欢这种破玩意儿。"科兹莫说道。

然而，这些舞者活力四射和眼花缭乱的表演却给人们带来了伤感，痛惜多于兴奋。当他们胳膊着地、身体与地面平行、疯狂旋转的时候，连年轻一些的人似乎也一脸哀愁，充满了对死者的无限崇敬。

埃里克心想，悲哀应该是一种强大的力量。人们依然在学习如何悼念一个像费斯这样的非凡说唱歌手，他将各种语言、节奏和主题巧妙地融合在一起。

只有科兹莫还在活蹦乱跳。

"尽管我长得高大，又是一个老派的黑鬼，但我必须喜欢我所看到的一切。因为这种事是我在最穷困的时候连做梦也想不到的。"

没错，他们头着地旋转，身体挺直，两腿轻轻地张开。其中一个霹雳舞者还将他的双手扣在背后。埃里克认为，这是一种神秘的仪式，超越了人类的范畴。这是对一位逝去的圣人近乎疯狂的热爱。他的离去对这个世界是个多大的损失啊。

他的家人和朋友随后也到了，分乘三十六辆白色的超长豪华轿车。其中有三辆并驾齐驱，车内坐着市长和警察局长，神态严肃。还有几十名议员、被警方开枪打死的手无寸铁的黑人的母亲们，以及走在队伍中间的说唱歌手。另外还有媒体高管、外国政要、电视电影里的熟面孔。

世界各宗教团体的人物也夹在其中，有的穿长袍，有的穿斗篷，有的穿和服，还有的脚蹬凉鞋，身穿黑色法衣。

有四架新闻直升机从头顶上飞过。

"他喜欢他的牧师在身边，"科兹莫说，"有一次，他和一个伊玛目①出现在我的办公室，还带着两个身穿套装的犹他州白人男孩。他总是借故离开，这样他就有时间祈祷了。"

"他一度住在洛杉矶一个伊斯兰宣礼塔里。"

"我听说过此事。"

"我去拜访过一次。他在他房子旁边造了那座尖塔，然后从房子里搬出去，住进了尖塔。"

广播车开过来时，死者的歌声更响亮了。他最好的歌曲是动人心弦的，连他那些不那么好听的歌也变得好听了。

他歌声的背后是合唱团逐渐密集的掌声，这迫使费斯即兴改编节奏，听起来有些轻率，不能持久。其中还有歌迷的狂喊声、喝彩声，以及街道上的叫喊声。鼓掌声从录音里一直传到了轿车里的人，以及人行道上的人群。它给这个夜晚带来清新的激情。这是一种令人沉醉的欢快。他和他们一起沉醉——死去的和暂时活着的。

一队身穿教服的年迈的天主教修女正在诵读玫瑰经，她们是他当年读小学时主日学校的老师。

他的歌声节奏加快了，先用乌尔都语说唱，然后又用含糊的英语。歌声被合唱团里一个女成员的尖叫声给穿透了。这里面有狂喜、欢欣鼓

---

① 指清真寺内率领穆斯林做礼拜的人。

舞，还有一种难以言喻的东西。他的说唱从高峰跌落，失去了任何意义，只剩下一个充满魅力的讲演，辞藻不断堆砌，再也没有鼓声、掌声或者是女人的尖叫声了。

歌声最终归于沉寂。人们认为，这场盛事现在结束了。他们摇晃着，筋疲力尽。埃里克对于自己破产的喜悦似乎在这里得到了尊重和认可。他已经被掏空了一切，只有无比的宁静，一种淡泊和自由的宿命感。

然后，他想到了他自己的葬礼。他感到不值和可悲。别在乎那些保镖了，管它是四个还是三个呢。需要具备什么要素才可能与这里发生的事相配？谁会来为他殓尸呢？（"殓尸"一词是寻找匹配的解剖尸源所用的陈旧术语。）他压迫别人，让他们怀恨在心。那些他认为是一文不值的人将站在他面前，幸灾乐祸地俯视他。他将会成为木乃伊棺材中那具涂过香料的尸体，成为他们只要活着就要嘲笑的那个人。

想到这群哀悼者就让人沮丧。这里的场面他显然无法掌握。葬礼尚未结束。

葬礼没结束，是因为又来了一群托钵僧舞者，回应单笛微弱的呼唤。他们个个精瘦，穿着短上衣和长喇叭裙，戴着圆筒形的黄玉色无沿高帽子。他们跳着舞，伸开手臂缓慢地旋转，脑袋微微倾斜。

此刻又是布鲁瑟·费斯的歌声，沙哑而没有伴奏，是一首埃里克从未听过的素歌。

> 孩子认为他是制度的智者
>
> 街道王子从来都是我行我素
>
> 可是他有一种传统的睿智
>
> 从来不说别人不说的话

这位年轻的霹雳舞者在街道上冒着危险。他被拘禁、被殴打；乞讨的舞蹈在地铁站的月台上演；他的屈辱在一首又一首歌里出现；妓女们穿着光鲜的紧身衣，要价很高，他无钱消受。现在是他表露内心的时候。

晨曦唤醒了东方

灵魂的喊声接踵而至

他信奉苏菲教派的传统，努力把自己变成了另一种乞讨者，一个乞讨诗歌的乞丐，表演他的反物质说唱（这是他的叫法），学习那些对他似乎非常自然的语言和习俗。这些语言和习俗并没有披上神秘和陌生的外衣，也不是人们肤色里根深蒂固的东西。

哦，上帝啊，高高在上的主宰

吮吸祈祷和禁食化成的乳汁

上百个国家的财富和荣誉、装甲轿车和保镖、光鲜的女人，现在到处都是。这是又一种肉体的幸福，那些戴着面纱和穿着牛仔裤的女人，抓住床柱。浓妆的女人和素面朝天的女人，他略带忧伤地唱出了这些，在虚幻的梦想里唱出一颗破碎的心。

有人在一个倾斜的房间告诉我这个消息

它就像一枚冰冷的银币

感觉到我可悲的灵魂从嘴里飞出来

我的金牙从根部破裂

街上有二十个托钵僧舞者。他们也许是这群霹雳舞者的原型和早期神圣的楷模，跳舞时只有身体的右边向上。费斯唱的最后几句话并不因其英年早逝而显示出一丝美感。

让我回归本我

不会作诗的傻瓜

虽已不在但还活着

现在音乐充斥了这个夜晚。乌德琴、长笛、钹和鼓轮番作响。舞者们跳着，逆时针方向旋转，速度一圈比一圈快。他想，他们正从身体里旋出来，旋向了所有的财富。

合唱团现在唱得更响亮了。因为旋转就是全部。旋转是摆脱一切的戏剧。他想，因为他们旋转出一种共同的优雅。因为今夜有人死了，只有旋转才能抚慰他们的悲伤。

他相信这些东西。他试图想象一种没有肉体的状态。他想象旋转着的舞者溶化了，分解成了液体状态，变成旋转液体，变成一圈圈的水和雾，最终消失在空气中。

当一辆警车和几辆无标记的汽车载着安保人员开过去的时候，他开始哭泣。他泣不成声，双臂交叉，用拳头连续捶打自己的胸膛。新闻车接着也来了，共有三辆大巴。还有步行而来的非官方的悼念者，其中许多人颇像朝圣者——不同信仰，不同种族，不同装束。悼念者们乘坐的汽车开过时，他一边哆嗦一边哭泣。悼念者的汽车多达八十到九十辆，排着松散的队伍开过，就像是一条临时拼凑的长龙。

他为费斯哭泣，为这里所有的人哭泣，当然也为自己哭泣，身体禁不住剧烈地抽动起来。其他人在旁边恸哭。他捶胸顿足了好一阵子。后来，科兹莫用胳膊搂住他，把他拉进了轿车。发生这种事情似乎并不奇怪。当有人死去，你会哭泣。这个人的名气越大，哀悼的人就越多。人们拽着自己的头发，悲痛地呼喊死者的名字。埃里克慢慢平静下来。在科兹莫这个壮汉的皮衣和肌肉的包裹下，他开始渐渐接受这个事实。

从这个葬礼中，他还想看到一件事。他想看到灵车再次经过，里面头高脚低躺着的遗体倾斜着供大家瞻仰。屏幕上只是一个数字化尸体，一个圈，一个复制品。灵车来了又走了，这似乎不应该。他想让它不时地再次出现，骄傲的遗体在夜间开放，给人们再次带来悲伤和惊奇。

他对看屏幕感到厌烦了。那些等离子的屏幕还不够平。它们以前看上去很平，现在不平了。他在屏幕上看到世界银行总裁向一屋子神情紧张的经济专家发表演讲。他认为，屏幕上的图象应该更清晰一些。接着，美国总统在他的豪华轿车里用英语和芬兰语讲话。他略懂一点儿芬兰语。埃里克就讨厌总统这一点。他知道，他们最终会明白，他是怎么使这一场全球性的金融崩溃发生的，而且是他一个干的——这个人失去了他崇拜的说唱歌星，如今已十分疲惫。他按了下键让屏幕退进车壁的内柜中，将车内恢复成自然的宏伟状态。他的视线不受阻碍，身体处在一个无物的空间里。这时，他感到他的免疫系统正在酝酿一个喷嚏，想要打出来。

街道很快就被清空了，路障都被装进卡车拖走了。轿车继续往前开，托沃尔坐在前排。

他打了个喷嚏，还觉得意犹未尽。他意识到，他总是要打两个喷嚏的——他回想起来，好像的确如此。于是他等着。果然，第二个喷嚏如约而至。

人们为什么会打喷嚏呢？那是对鼻腔黏膜的一种保护性反应，为了排出入侵的物质。

整条街一片死寂。轿车开过西班牙教堂和一排搭着脚手架的褐砂石房屋。他倒了一点儿白兰地,觉得自己又饿了。

往前有个餐馆,就在街的南面。他看到了,这是一家埃塞俄比亚餐馆。他想象就着炖扁豆慢慢嚼一大块海绵状的黑面包。他想象有一种用非洲柏柏儿辣酱做成的部落食品。时间太晚了,餐馆不会开门了,但厨房却有淡淡的灯光。他让司机把车停下来。

他想吃这种部落食品。他想把它的名字说出来,闻闻它,把它吃下去。

接下来的事发生得太快了。他迈上人行道,这时有个人跑过来,突然出手打他。他举起一只胳膊来抵挡,可是太迟了。他盲目地出拳重击,也许打到了这个人的脑袋或肩膀。他感觉到有一股污泥般的、烂糊状的血一样的物质喷到他脸上。他什么也看不见了。他的眼睛被这种物质盖住了。然而,他听到托沃尔就在附近,听到两个人在厮打中发出的沙沙声和咕哝声。

他从口袋里掏出一方手帕,站在马路的石沿上擦脸。他小心翼翼地擦着,因为在刚才的打斗中他的一颗眼珠被打得移了位。他看见托沃尔将这个人按在轿车的后备箱上面,一只胳膊被扭在脑袋后面。

"对象制服。"托沃尔对着他翻领内的话筒说道。

这时,埃里克闻到和尝到了某种东西。首先是手帕,被他自己的睾丸和精囊以及其他各种腺体所产生的分泌物弄馊了。今天早些时候,他拿这块方布在擦拭自己身上流出的一股又一股液体时,弄脏了它。不过,他搞不懂自己的舌头上为什么会有这种味道。

那个人，也就是那个对象，正在说着什么。忽然，附近出现了几下好像是枪口发出的闪光，但随后却没有枪声。托沃尔猛地把这个人从轿车后备箱上拽下来，强迫他张开四肢面对埃里克，接着又利索地把他的脑袋向后扳。

"我跟踪你很长时间了，王八蛋，"他说，"我让你吃个够。"

此时，埃里克看到三名摄影师从右边的车上下来，还有一个人把摄像机搁在膝盖上拍摄。他们的汽车停在那里，门开着。

"今天你被老子的馅饼砸到了，"他说，"这是我的世界使命，就是为了破坏权力和财富。"

他开始明白了。这人就是安德烈·彼得雷斯库，那个馅饼刺客。他跟踪过公司总裁、军队指挥官、足球明星和政客。他用馅饼砸他们的面孔。他偷袭被软禁的国家元首。他伏击战犯和那些宣判他们的法官。

"我为此等了三年了。这是刚刚烘出来的馅饼。我放过了美国总统，为了完成这次袭击。我任何时候都可以用馅饼砸他。我告诉你，你是我的主要目标。一个很难瞄准的目标。"

他是个小个子，头发染成亮光光的金黄色，穿着迪士尼乐园的广告T恤衫。埃里克听出他话语中的一丝钦佩。他小心地踢他的睾丸，看着他躲闪，在托沃尔的掌握中缩成一团。当闪光灯亮起来的时候，他又去打摄影师，打了好几拳，每打一拳他都感觉好多了。三名摄影师一边抵挡，一边后退，跌进了一排垃圾桶里，然后爬起来飞速逃到街上。那名摄像师则逃回了车里。

他回身朝他的轿车走去，用手刮除脸上的奶油，然后吃了下去。雪白的奶油还有一丝柠檬的味道。他和托沃尔现在被暴力行为绑在了一起，两个人交换了一个相互敬佩的眼神。

彼得雷斯库处在痛苦中。

"你真缺乏幽默感，帕克先生。"

埃里克让他的前臂再抽搐了一阵，然后猛地把他从托沃尔的胸口揪下来。这令他过了好一会儿才说得出话来。

"你确实名不虚传，很好。可是我被安保人员踢打了很多次，我现在就是行尸走肉。在英国的时候，他们让我戴着无线电颈圈，以确保女王的安全。他们像追踪稀有的仙鹤一样追踪我。不过，请相信一件事。我是奶油馅饼的行为派画家。有一次，我从树上向迈克尔·乔丹投掷馅饼。这就是著名的飞饼。这个录像值得博物馆珍藏几百年。我用奶油火腿蛋糕砸过正在洗澡的他妈的文莱国的苏丹王。他们将我关在黑地牢里，直到我尖叫才放了我。"

他们看着他跟跟跄跄地走了。餐馆上了锁，里面空无一人。他们静静地待了片刻。埃里克的头发和耳朵上全是奶油。他的衣服上溅满了一道道奶油和柠檬馅饼的碎屑。他能感觉到脑袋上有一个伤口，这是一名摄影师在挥舞相机自卫时给他留下的。此刻，他要去撒泡尿。

他感觉好极了。他握紧了一只拳头，放在另外一只手中。这种感觉真棒，有点儿刺痛，有点儿火辣辣的。他的身体在和他悄悄说话。它随着行动发出嗡嗡声，赞赏他对那几名摄影师的攻击、他打出的那几拳、热血的涌动、心跳的节奏，以及被撞翻的垃圾桶撒了一地垃圾的那种美丽。

他又有了勇气。

他在香槟架上发现了自己的太阳镜，把它放进衬衫口袋里。外面有个声音，那是一个弹起来的球。他正要向司机发出开车指令，突然听到篮球重重地弹跳声，声音很清楚。他下了车，穿过马路，走到街的北面。那里有个操场。他透过两道围栏看见几个孩子半蹲在那里咆哮着，一对一地单挑。

第一道门上了锁。他毫不犹豫地爬上带尖桩的铁围栏。第二道门也是锁着的。他爬上第二个铁丝网围栏，这个比第一个高一倍。他爬上围栏，翻了过去。托沃尔默默地跟在后面，也翻过了两道围栏。

他们走到公园最远的一端，望着这些孩子起劲地在昏暗中玩篮球。

"你玩这个吗？"

"会一点儿。这不是我玩的东西，"托沃尔说，"橄榄球，那才是我玩的东西。你玩吗？"

"会一点儿。我喜欢球篮下面的动作。我在练举重。"

"你当然明白。还有人在跟踪你。"

"还大有人在。"

"这是一次小小的侵犯。用的是奶油。严格来说，不算什么。"

"我明白。我当然意识到了。"

这些孩子砰砰地拍打篮球，让它弹起来。他们的喉咙里还发出嘶哑的声音。

"下次别来馅饼和蛋糕了。"

"甜品结束。"

"他就在那边，还带着枪。"

"他带着枪，你也带着枪。"

"说得对。"

"你得亮出你的枪。"

"说得对。"托沃尔说道。

"让我看看这把枪。"

"让你看看这把枪？好的。为什么不呢？你为它花了钱的。"

两个人发出了轻微的类似抽鼻子的声音，是鼻腔里发出的一种无精打采的笑声。

托沃尔从夹克衫里拿出枪，把它递了过去。这是件精美的武器，银黑相间，四点五英寸的枪管，枪把是胡桃木的。

"捷克共和国制造的。"

"很好。"

"精美。少见的精美。"

"还带有语音识别装置。"

"没错。"托沃尔说道。

"你说什么？你说话，它能识别你的声音？"

"没错。如果声纹和枪里存储的数据不匹配的话，这个设置就无法启动。只有我的声音才匹配。"

"你只有说捷克语，它才能开火？"

托沃尔满脸堆笑。这是埃里克第一次看到他笑。他用空着的一只手从衬衫口袋抽出了太阳镜，把镜脚摇松。

"不过，这个声控装置只是操作的一部分。"托沃尔说道，然后吊胃口似的住口了。

"你是说还有密码？"

"一个预先设置好的语音密码。"

埃里克戴上了眼镜。

"密码是什么?"

托沃尔这次神秘地笑笑,然后抬眼望着埃里克。此时,后者正用这把枪对准了前者。

"南茜·巴比奇。"

他的枪打中了对方。托沃尔睁大了眼睛,突出的眼白闪现出一丝难以置信的恐惧。他开了一枪,托沃尔倒了下去。他所有的威势都荡然无存了。他看上去愚蠢而又困惑。

二十码之外的那个篮球也停止了弹跳。

他肉体尚在,但没有活动。这点很清楚,因为他躺在那里死去了。他守纪律,也很有节奏感,没错,但再也不能顺畅地走动了。

埃里克向那些孩子瞥了一眼。他们看着这一切,站在那里僵住了。篮球在地上缓慢地滚动。他漫不经心地向他们打了一个手势,示意他们继续玩球。并没有什么大事发生,以至于让他们不得不停止玩球。

他将武器扔进树丛,朝铁丝网围栏走去。

没有任何窗户忽地打开,也没有任何惊叫声。枪上面并未安装消音器,但只有一声枪响。也许需要三声、四声或更多的枪响才能把他们从睡梦中或者电视机前惊醒。这只是夜晚常见的动静,与猫交配或汽车逆火没什么不同。就算你知道不是汽车逆火——因为绝不可能是——你也不会感到良心不安,除非明显的枪声响了多次,而且还要有人们奔跑的声音。在这片居民活动频繁的社区里,住得离大街又这么近,整天都有这么多的噪声,再加上城市里个人道德的滑坡,不能指望你对孤零零的一声枪响作出反应。

再说，篮球赛比这声枪响更恼人。如果这声枪响可以结束篮球赛，那要感谢月夜的恩惠。

他不知不觉地停下脚步，心想他应该回去取那把枪。

他将枪扔进灌木丛，因为他希望该发生的就让它发生。枪是实用的小东西。他愿意相信预先决定的事件的威力。事情做完了，枪也该扔了。

他爬上铁丝网围栏，裤子的口袋被撕破了。

他随手扔了枪，可这是多美妙的感觉啊。失去一个人，丢掉一把枪。现在要重新考虑已为时太晚。

他跳到地上，又走向带尖桩的围栏。

他并不想知道南茜·巴比奇是谁。他并不认为托沃尔的密码选择会使他变得有人情味，也不认为他以后需要对此后悔。托沃尔是他的敌人，对他的自尊是个威胁。当你付钱给别人让你能活下去，他就获得了一种心理优势。这是一个具有确实威胁的职务。埃里克失去了自己的公司、自己的财富，他可以用这种方式来发泄。托沃尔的死消除了今夜进一步对抗的可能性。

他翻过了铁围栏，朝自己的轿车走去。一个上世纪出生的人在街角吹起了萨克斯。

本诺·莱文的自白

早晨

我目前在线下生活，现在一无所有。我正在我的铁桌子旁写作，我是顺着人行道将这张桌子推来的，推进了这幢大楼。我还有一辆健身自行车，我用一只脚蹬车，而用另一只脚空踩。

我计划通过我要写的这些文字将我的生活公之于众。这将是一部精神自传，有数千页之多。核心内容要么是我追踪他并枪杀他，要么是留着他。我将用铅笔书写这一切。

没失业的时候，我在五家大银行里都有小额账户。这些大银行的名字令我兴奋不已，它们遍布全城。我以前常常去不同的银行，或者去同一家银行的不同分行。我曾经从一个分行走到另外一个分行，直到深夜，在账户之间转移资金或者只是查看余额。我输入密码，查验存款数字。机器指导我们完成这些步骤。机器说，这是否正确？它教会我们用逻辑进行思考。

我草草地和一个有小孩的残疾妇女结婚了。我过去常常去看她的孩子，这个小孩刚脱离襁褓。我想，我掉进了一个黑洞。

那个时候我在教书、做演讲。说演讲是不确切的。我在脑子里从一个话题跳到另一个话题。我不想写那种叙述生平传记、家庭出身和受教育程度的文字。我想从字里行间奋起，去做某件事情，伤害某个人。伤害别人是我的天性，这一点我一直浑然不知。这种写作的行为和深度将会告诉我是否能做到。

坦白说,我需要你们的同情。我每天用我那点儿可怜的现金去买瓶装水。这是为了饮水和洗澡。我有我自己布置的卫生间,有我去的外卖餐馆。在一个没有水、暖气和灯光的大楼里,除了我自己提供的东西之外,我还需要水。

要我和别人坦率地说话是很难的。我往往试图说实话,但不说谎是很难的。我对别人说谎,因为这是我的语言,是我说话的方式。我的个人性情就是如此。我和一个人说话,从来不对他发表评论,而是设法不涉及他本人,或者用眼神表达对他的看法,同他寒暄。

不久,我开始对此感到满足。在我的内心,我从不对自己说的话当真。每个不必要的谎言都是塑造一个人的另一种方式。我现在看得非常清楚了。除了我自己,没有人可以帮助我。

我整天观看从他的网站下载的现场录像。我一看就是几个小时,其实是几天。他对人们说些什么,他是如何在椅子上突然转身过来的。他认为,椅子在很大程度上是愚蠢的、有辱身份的。还有,他怎么游泳、怎么吃饭、怎么打牌,以及他洗牌的方式。即使我和他在同一个总部工作,我都到外面街上等着,看他离去。我要在我脑海中确定他的确切位置。了解他在什么地方,这一点非常重要,哪怕只是片刻。这让我的世界恢复了秩序。

这些话反正不是谎言。绝大部分也不是谬误,只是纯粹偏离了听者的身体、肩膀,或者与他们毫不相干。

和别人坦率地说话是难以忍受的。然而,在这些文字里,我打算写出真实情况。相信我。他们降了我的职,减少了我的收入。我通过写作放慢我的思维，但有时候还是有漏洞。

现在我只去一家银行了，因为我的存款不断缩水，快没了。这是一家小银行，里面只有一台取款机，另一台嵌在临街的外墙上。我使用临街的这台机器，因为保安不会让我进入银行。

我可以告诉他，我有个账户，也能证明这一点。但是银行是大理石和玻璃的建筑，还配有武装警卫。我只能接受这个现实。我可以告诉他，我需要查看最近的交易情况，即使根本没有交易。不过，我乐意在外面取款，用墙上的那台机器。

我每天都觉得羞愧，而且一天比一天羞愧。不过，我将在这个生活空间把我的余生用来写这些记录、这些日志，记录我的行为和反思，找到一些尊严，找到个人价值。我想写一万多页字，足以让这个世界停止。

请允许我说话。我容易染上全球性的疾病。我有时会犯"莎司托"病，也就是或多或少丧失灵魂。这种病来源于加勒比海地区，我最初是在互联网上感染的。这事发生在我妻子带着她的孩子离开之前。他们俩是被她非法移民的几个哥哥从楼上抬下去的。

一方面，它是一种虚幻和神秘的病。另一方面，我容易感染疾病。我的写作将包括对我症状的描述。

他总走在时代前面，认为那些新的东西已经过时。我不禁佩服他这一点。他总是对你我认为生活中那些重要和可靠的增添物提出质疑。什么东西在他手上都很快就用厌了。我了解他。他想成为一种超越现代文明的新文明。

我过去常常存着一卷钞票，用蓝色橡皮筋捆着，上面盖有"加州芦笋"的广告章。这些钞票现在正在流通,从一个人的手中到另一个人的手中,很不卫生。我有一辆健身车,那是我在一天夜里捡到的,踏脚板少了一个。

当我还在线和有工作的那些日子,我曾秘密地征购了一把二手枪,并偷偷地买下来。我知道这一天就要来了。他行踪不定,工作习惯也难以捉摸,这从他们的脸上可以看出来,尽管像我这样的人拥有一个这么复杂的武器意味着一种幽默和可怜。

我有时能看到我所作所为中包含的嘲讽的幽默和可怜。我几乎能在无助的情况下欣赏这一点。

我的生活已经不再属于我了。可是我不想如此。我看着他系领带,知道他是谁。他浴室镜上有个读出器,显示他当时的体温和血压;他的身高、体重、心率、脉搏;需要服什么药,以及他的完整病史。看看他的脸就知道了。而我是他的人工遥感器,能读懂他的想法,了解他的内心。

如果你在夜间收缩的话,它会告诉你你的身高是多少。这个现象是在夜间人体合成代谢的时候发生的。

你认为香烟不属于我这种人生活的一部分,但我的烟瘾其实很大。我太需要我需要的东西了。我阅读并不是为了消遣。我不常洗澡,因为付不起钱。我去廉价杂货店购买衣服。你在美国可以这样做,在杂货店把自己从头到脚包装起来。这点是我暗暗赞赏的。但是,不管这个社会是怎样的五花八门,我和你的精神生活没什么两样,因为我们都是不可控制的。

他们用她的轮椅将她和孩子从楼上抬下去。我的脑子乱透了。可能你见过测谎仪上出现的峰值。这就是我有时候的思想波纹，我在考虑如何对此事作出回应。我放弃了教书，为了去赚我的一百万。这正是我改行的最佳时机。但后来，我坐在工作站里，却有一种失落感。我感觉自己被塞在那里了，处在不是自己选择的境地，即使我已选择待在那里，而且离他最近，在能够偷听他动静的距离之内。

我对于是否要杀了他犹豫不决。这让你对我这个人的兴趣减弱了，还是增强了？

当你走在街上的时候，我并不是你不屑一顾的那些被践踏的可怜虫之一。我对他们也不屑一顾。我正在敲倒我住所的墙壁，这个活儿已经花了我好几个星期的时间，现在快完成了。我去街上的墨西哥杂货店购买瓶装水。店里有两个店员，或者一个店主加一个店员，他们都说没问题。我说谢谢你们，没问题。

我过去常常像孩子一样去舔硬币。一个普通硬币的边沿可以吹出笛子般的声音。硬币的边沿上有槽纹。我现在有时还会舔硬币，却担心槽纹里面有污垢。

然而，要取另一个人的性命吗？这是新时代的憧憬。我最终决心动手。只有暴力行动才能改变历史，改变过去的一切。但该怎样想想那个时刻呢？我无法确定心理上是否已经做好了动手的准备，因为我们两个都是身穿不显眼的混色衣服的凡人。

我怎样才能找到他并杀了他呢？怎样瞄准和开枪呢？这种夺命和送命的关系在很大程度上是个理论问题。

当我支付硬币的时候，我总是算错，总是在口袋里乱摸。

然而，如果他不死，我怎么活呢？他可以是个死去的父亲。我愿意给他这种希望。他们可以采集他的精子,然后冰冻它十五个月之久。之后的事就简单了:让他的遗孀或一位志愿代孕的母亲受精怀孕。然后,另一个人将长成他的血肉之躯。当他成年之后,我又有一个人可以去憎恨了。

人们在夜深人静的时候会想他们自己是谁。我也怀有这种想法,一个孩子关于神秘和恐惧的想法。在我生命中的每分每秒,我都能感觉到我灵魂中的这种浩瀚。

我有一个铁桌子,那是我用绳子和楔子把它拉上三段楼梯才弄进来的。我有一些铅笔,是用水果刀削尖的。

有一些死去的星星依然闪耀,因为它们的光被时间困住了。在这种严格来说并不存在的光照下,我又身在何处呢?

第 四 章

这辆豪华轿车在街灯下显得十分耀眼，布满凹痕的车身像一幅卡通画。轿车的外壳仿佛具有叙述功能，可以感觉，可以说话。歌剧院的灯依然亮着，每边十二盏，四盏一组分布在窗子之间。司机站在车身后部，把门打开。埃里克并没有马上进去。他停住脚步，看着司机。他以前从来没有这样过。他盯着司机看了片刻。

这是个瘦瘦的黑人，中等个头，长着一张长脸。他的左眼深陷在眼皮下，几乎看不到。眼珠的下缘还依稀可见，但是眼角已经被盖住了。这个人显然是有故事的。他的眼白有一道道血丝，令人想起血红的夕阳。他过去的生活里一定发生过什么事。

一只眼睛残疾的男人靠开车谋生，埃里克认为这个想法很好。此人是为他开车，这就更好了。

他想起来自己要小便。于是他在车里弯下腰来解决，然后看着便池自动折叠归位。他不知道那些排泄物到哪里去了。也许就存放在车底部的什么地方，或者直接倾倒在大街上，但这样做是违反多条法规的。

轿车的雾灯亮着。离这里仅两个街区就有一条河，河面上天天漂浮着化学废品和垃圾、被丢弃的各种家庭用品，还有零星几具被棍棒打死或枪击致死的尸体。这一切都无声无息地往南漂向岛屿的顶端，再漂向远处的入海口。

红灯亮了。大道上只有极少的车辆在前面行驶。他坐在车里，心里觉得奇怪，为什么自己愿意这样等，比司机还耐心，就因为交通指示灯是红色而不是绿色。不过，他从来就不遵守准则所规定的那些条条框框。他此刻恰好有耐心，仅此而已。也许是因为他的保镖离他而去，就剩下他一个人，他感到思绪万千。

轿车穿过第十大道，经过了第一个小杂货店，接着是一个空空的货车停车场。他看见两辆汽车停在人行道上，车身盖着破旧的蓝色防水布。一只精瘦的灰色流浪狗正用鼻子拱一团报纸，这是常见的现象。这里的垃圾箱是碰瘪了的金属筒，并不是东面街道上那种经过改良的橡胶制品。有的垃圾放在开口的纸箱里，还有一些散落的垃圾，那是从街上翻倒的超市购物车上吹过来的。他感到有一种寂静正在降临，这种寂静同夜间街上空空荡荡并没有关系。轿车接着驶过第二个小杂货店。他看见地铁建在地面上的通风墙，还看见夜间关闭的修车铺和汽车改装店，钢制的卷帘门上有西班牙语和阿拉伯语的涂鸦。

理发店位于街道北面，面对着一排砖结构的旧廉租房。轿车停住了，埃里克坐在车里若有所思。他坐了五六分钟的样子。接着，车门咔嚓一声开了。司机站在人行道上，正往车里瞧着。

"我们到了。"他终于说道。

埃里克站在人行道上，望着对面的廉租房。他瞅着一排五间楼房中间的那一幢，心里泛起一阵孤独的寒意。四楼的窗户都是黑黑的，外面的火灾逃生梯上也没有装饰花草。这是一幢灰暗的楼房。街道也是灰暗的，但住在这里的人们习惯了吵闹拥挤，习惯了铁路边的噪声，也一样活得有滋有味。他想，人们一贯都是如此。

埃里克的父亲就是在这里长大的。埃里克有时候被迫来到这里,感受这条街的呼吸。他心甘情愿地感受它,感受渴望的每一种令人沮丧的细微差别。然而,这并不是他的渴望或向往,也不是对过去的怀念。他年纪太轻,还无法体会这样的感觉。反正他和这里格格不入,这里从来就不是他的家或他的街道。他站在这个地方,慢慢体会着他父亲的感受。

理发店关门了。他知道这个时候会关门的。他朝理发店的门口走去,看见后面的房间还亮着灯。这盏灯必须二十四小时开着。他敲了敲门,然后等着。一个老头摸黑走过来。他叫安东尼·阿杜巴托,身上穿着工作服——带条纹的短袖白上衣、宽松裤,脚上是一双跑鞋。

埃里克知道老头开门后会说什么话。

"你怎么这么久没来了?"

"你好啊,安东尼。"

"很长时间了。"

"是很长时间了。我想理个发。"

"看上去是该理了。进来,让我看一下。"

老人按下电灯开关,等埃里克在一张空的理发椅上坐好。另一张椅子下面的油地毡破了一个洞。那把让儿童玩耍的玩具椅子还在这里,还有一辆绿色敞篷儿童小客车,方向盘是红色的。

"我从来没有见过这样乱糟糟的头发。"

"我今天早上醒来,才知道该理发了。"

"你知道到哪儿理发。"

"我对自己说,得理个发了。"

老头摘下埃里克头上的太阳镜，放在长镜子下面的搁板上，同时先看看上面有没有污渍和灰尘。

"也许你想先吃点儿东西吧？"

"我可以吃点儿东西。"

"冰箱里有一些外卖食品。我想吃的时候就吃一些。"

他说完走进后面的房间，埃里克环视周围。墙上的油漆正在脱落，暴露出斑斑点点的淡红色的灰泥。天花板上有多处裂痕。他父亲很多年前带他来过这里。那是第一次来，当时这里的样子可能还不错，但也好不到哪里去。

安东尼站在门口，两手各拎着一个白色小纸盒。

"那么你娶了那个女人？"

"没错。"

"她们家赚的钱来路不明。我想不到你这么年轻就结婚了。可我知道什么呢？哦，我准备了鹰嘴豆泥，还有塞米饭和果仁的茄子包。"

"给我茄子包吧。"

"你真有口福。"安东尼说道，可他还站在门口没动。

"他们发现他的病情之后，他很快就死了。他是被确诊后才死去的。好像前一天他还在对我说话，第二天就离开了人世。我印象里就是这样。对了，我还有一种茄子包，里面塞的是捣碎的大蒜和柠檬，你也可以尝尝。他是在一月份被确诊。他们查出了病情，并告诉了他。不过，起先他并没有告诉你母亲，后来他不得不说了。三月份，他就走了。但我总觉得这好像是一两天前的事。顶多两天而已。"

这个故事埃里克已经听了好几遍了。这个人几乎每次都重复同样的话，只是细节稍有不同。这就是埃里克想从安东尼这里得到的东西。同样的那些话。还有，墙上挂着的石油公司的挂历，以及需要重新镀银的那面长镜子。

"你那时才四岁吧。"

"五岁。"

"没错。你母亲是全家的头脑。你的天资就是从她那儿来的。你母亲是个有智慧的女人。这是你父亲亲口说的。"

"那你呢？你还好吧？"

"你了解我，孩子。我可以告诉你，我也不能抱怨什么。但我确实可以抱怨。只不过我不想抱怨而已。"

他上半身探进屋内，一张布满胡子茬儿的老脸上是两只暗淡的眼睛。

"因为没有时间了。"他说道。

他停顿了片刻，然后走向埃里克面前的架子，放下纸盒，从胸前的口袋里拿出两只塑料汤勺来。

"让我想想我有点儿什么可以喝的。水龙头里有水。我平时只喝水。我有一瓶酒，不知放了多长时间了。"

安东尼对酒这个字十分警惕。他说的话都是重复的，但唯独这个酒字，他从来没有说过，因为这个字令他感到紧张。

"我可以喝一点儿。"

"很好。如果你父亲走进来，我要给他自来水喝，他非把我的最后一把椅子也砸烂不可。"

"把我的司机叫进来吧。他还在车里呢。"

"我们可以让他吃点儿茄子包。"

"好啊。那太好了。谢谢你，安东尼。"

他们三个一边吃饭，一边聊天。埃里克和司机坐着，安东尼站着。老头为司机找了把勺子，两个人用不成套的杯子喝着水。

司机叫易卜拉欣·哈马杜。原来他和安东尼多年前在纽约开过出租车。

埃里克坐在理发椅上，望着司机。司机没有脱去夹克衫，也没有松开领带。他坐在折叠椅上，背对着镜子，平静地用勺子吃他的食物。

"我当年开的是一辆花格子出租车。个头大，马力足，"安东尼说，"我都是夜里开车。那时我年轻。他们能把我怎么样？"

"对一个有老婆孩子的人来说，夜里开车就不太好了。而且，白天开车才能放得开。"

"我打心眼儿里喜欢我的车。我一开就是连续十二个小时。我只有要撒尿时才停下来。"

"有一天，一个男人被一辆出租车撞了。他的身体飞进了我的车子，"易卜拉欣说，"我的意思是说，他飞向空中，却咣当一声撞在我的挡风玻璃上。就在我的面前。血溅得四处都是。"

"我出车前总是带着稳洁清洁剂。"安东尼说道。

"我对他说，我过去是外交部的代理部长。离我远点儿。我可不能一边开车，一边让你的身体停留在我的挡风玻璃上。"

埃里克一刻不停地盯着易卜拉欣的左脸看。易卜拉欣那塌陷的左眼引起了他孩童般的兴趣，因此他盯着对方看时并没觉得不好意思。对方的这只眼睛被扯得离鼻子很远，眉毛平直而且上扬。眼皮上有一条突起的伤疤。眼皮即使差不多闭合了，仍然可以看到眼球中混浊的白色沉淀物和斑驳的红血丝。这只眼睛是独一无二的，让他独具个性，也让他拥有一个不安定的另类的自我。

"我一般就在车里吃饭，"安东尼晃动着手中的食品盒说道，"我吃锡纸包的三明治。"

"我也是在车里吃饭。我不能停下来吃，那样赚钱就少了。"

"你在哪里撒尿，易卜拉欣？我一般在曼哈顿大桥底下撒尿。"

"我也是在那里撒，没错。"

"我还在公园或小巷里撒尿。有一次是在宠物墓地里。"

"夜晚开车有一些好处，"易卜拉欣说，"我确信这一点。"

埃里克远远地听着，开始觉得困了。他喝酒时用的是一只破损的小玻璃杯。他吃完了东西就把勺子放进纸盒，又把纸盒小心地搁在理发椅的扶手上。椅子有胳膊有腿，应该还有别的叫法。他把头往后靠，闭上了眼睛。

"我当年就是在这里，"安东尼说，"大概每天四个小时，给我父亲理发当帮手。晚上我再去开出租车。我爱我的车。我在车里装了一台装电池的小电风扇，别忘了那年头哪有空调啊。我喝水的杯子底座上有磁铁，可以吸附在仪表盘上。"

"我给方向盘包上了布，"易卜拉欣说，"非常漂亮，是斑马纹的。遮阳板上贴着我女儿的照片。"

两个人的说话声渐渐汇成单一浑浊的声音。这将会成为他逃离的媒介，为他逃离夜夜失眠的困境开辟一个通道。他开始觉得昏昏然，自己慢慢飘远了，感到有一个问题在黑暗中某个地方晃动。

世上有什么比入睡还要简单?

起初,他听到的是咀嚼的声音。他立刻就知道自己在哪里了。接着,他睁开眼睛,看着镜中的自己,感到整个房间向他聚拢过来。他的目光停留在自己的形象上。眼睛在寻找头上被馅饼砸过的地方。前额上被相机刮破的伤口正在结出紫红色的疤。

他的头发蓬乱不堪,满是泡沫,让人印象深刻。他对自己点点头,想起自己是谁。

理发师和司机正在分食一份制作精良的多层蜂蜜坚果糕点,每人手掌上托着一块。

安东尼看着他,却对易卜拉欣说话,也许是对他们两个说,也许是对墙壁和椅子说。

"当年我第一次给这小子理发,他不肯坐在汽车座椅上。他父亲硬把他往里塞,可他就是不从。于是,我只好把他放在他现在坐的地方,他父亲把他摁住,"安东尼说,"他父亲小时候,就是我给理的发。后来又轮到他儿子了。"

他自言自语,对从前的自己说话。当年的他手中拿着剪刀,为数不清的人理过发。他盯着埃里克看,后者知道他接下来会说什么,于是等着下文。

"他父亲同四个兄弟姐妹一起长大。他们就住在街对面。五个孩子、母亲、父亲、祖父同住在一套公寓里。认真听我说。"

埃里克继续听着。

"八口人,四个房间,两扇窗,一个厕所。我能听见他父亲的声音。

四个房间,只有两间有窗户。他总是喜欢这样说。"

埃里克坐在椅子上,半睡半醒间梦见他父亲脑海中的各种场景和摇曳的面孔,这些面孔漂浮在他父亲的睡梦中,或者漂浮在最后他打吗啡针以后出现的梦幻中。整个厨房似乎摇来晃去——陶瓷面的餐桌和污渍斑斑的墙纸。

"只有两个房间有窗户。"安东尼说道。

他几乎要问他们俩自己睡了多久。人们总是爱问自己睡了多久。不过,他没有问,而是把那个确切的威胁告诉了他们。他向他们吐露了真情。一个人信任别人,这种感觉是很好的。在这个特定的地方披露这件事是恰当的,因为这里充满怀旧的气氛,弥漫在实实在在的物体和人们的面孔上。他在这里才感到安全。

显然,易卜拉欣从来没有听说过这事。他说:"这种时候你的安保主管哪儿去了?"

"我让他夜里休息了。"

安东尼站在收银机旁边,嘴里嚼着东西。

"不过,你有保护措施。对了,在你的车里。"

"保护措施?"

"保护措施。你不懂什么意思吗?"

"我本来有一把枪,但后来扔掉了。"

易卜拉欣说道:"为什么?"

"我没想那么远。我没想过制定计划,或者采取预防措施。"

"你知道这听起来像什么吗?"安东尼说,"那像什么吗?我以为你名声在外。你可以在一眨眼的工夫毁灭一个人。我可吃不准你了。这个人是迈克·帕克的孩子吗？他有一把枪，后来又扔掉了？怎么回事？"

"怎么回事？"易卜拉欣说道。

"在这个城区？而你却没有枪？"

"你必须采取措施来保护你自己。"

"在这个城区？"安东尼说道。

"天黑以后你走不出五米远。你一不小心，他们就会立马杀了你。"

易卜拉欣盯着他看。这是一种呆板的、茫然的凝视，没有一点儿目光的接触。

"你会跟他们进行口舌周旋，这样可以拖延一点儿时间。但他们会先把你的五脏六腑掏出来。"

易卜拉欣直视埃里克，他的声音温和。这个司机一副温文尔雅的模样，穿着西装，打着领带。他坐在那里，伸出来的手中拿着一块蛋糕。他的话显然是他的个人见解，超出了这座城市，超出了这些街道，也超出了目前讨论的形势。

"你的这只眼睛怎么了？"安东尼说，"扭曲成这样？"

"我看得见。我能够开车。我通过了他们的考试。"

"我的两个兄弟多年前都是拳击教练。但我从没见过他们伤成这个样子。"

易卜拉欣的眼睛转向别处。他不愿意掉进记忆和感情的旋涡而无法自拔。也许他对自己过去的历史怀有一种深情。谈论自己的经历，作为参照或类比，这是一码事。然而，叙述那地狱般痛苦的细节，而陌生人听了点头后就忘了，这似乎是对自己所经受的痛苦的背叛。

"你会遭到毒打和折磨,"埃里克说,"一场军事政变。或者是秘密警察想要处决你。一枪打在你脸上,让你陈尸街头。或者是那些叛乱分子,横行首都,乱抓政府人员,用枪托乱砸人们的脸。"

他平静地说着。易卜拉欣脸上的汗珠微微发亮。他看上去神情警觉,时刻留意着什么。这种性情仿佛在他出生前七百年,他就已经在沙原上学到了。

安东尼咬了一口点心。埃里克和易卜拉欣听他边嚼边说。

"我爱我的车。我吃饭狼吞虎咽。我夜夜十二个小时连轴转地开车。假期就更别提了。"

他在收银机旁边站着。接着,他把手伸到下面,打开架子下面的小柜,拿出几条擦手巾来。

"但我是怎么保护自己的呢?"

小柜抽屉的底部有一把满是麻点的旧左轮手枪,埃里克以前见过。

他们同埃里克聊着天。两个人大口吃着东西。他们执意要埃里克拿那把枪。他不知这有没有用。他担心夜晚就要过去了。托沃尔倒下不久,这个威胁就该显形了,但从那时到现在它却没有显形。他开始想,它永远不会出现了。眼下是让人备感寒颤的时候,任何人都不可能逃出去。他只有无限期处于悬而不动的状态,身后是接连不断的世俗间不明不白的陷害和诋毁,这样的日子以后也看不到头。

剩下的唯一的一件事就是理发了。

安东尼把带条纹的理发披肩抖了一下,披在了埃里克身上。他在埃里克的头上喷了些水。话题现在变得轻松了。他往小玻璃杯里加了少许意大利茴香酒。然后他拿着剪刀在空中练了练手,就从离埃里克耳朵一英寸的地方开始剪了。他们开始谈及理发店里的日常话题,如租金上涨、交通状况之类。埃里克弯曲胳膊把杯子端到下巴处,故意小口慢慢抿着。

过了片刻,他一下子扯掉了披肩。他再也坐不住了。他从椅子上跳起来,一仰脖喝干了杯子里的酒。

安东尼一手拿着把梳,一手拿着剪刀,突然变得十分矮小。

"怎么回事?"

"我得走了。我不知道怎么回事。就是这么回事。"

"但总得让我把右边剪完吧。这样两边就一样平了。"

安东尼对这个很在乎。很明显,应该让两边的头发对齐。

"我会回来的。相信我。我会坐在这里让你剪完头发。"

只有司机易卜拉欣心里明白。他走到柜子前,取下了枪。接着,他枪柄冲上,把枪递给了埃里克。他手背上的一根青筋闪了一下。

他的脸上显示出一种坚定,一种对自己责任的庄严执着,这个责任就是要认清这个世界上残酷无情的东西。埃里克想回应这个人沉着和严肃的举止,否则就有可能让他感到失望。

埃里克把枪握在手中。这把枪是个镀镍的大家伙。但他感受到了易卜拉欣深刻的阅历。他试图读懂这个人饱受摧残的眼睛,耷拉的眼皮下那充血的眼白。他尊重这只眼睛。这只眼睛里一定有故事,一个有关岁月与命运的民间故事。

高高的蓝色大烟囱的检修孔里排出一股股蒸汽。他想,这是最普通的景象,但此刻却很美,给人一种陌生感和难以解释的新鲜感。蒸汽从城市的地下冒出来，仿佛幽灵出没。

轿车驶近了第十一大道。他和司机坐在前排，要司机切断与总部的一切联系。易卜拉欣照他的吩咐做了。接着，他启动了夜视装置。一连串的红外影像出现在挡风玻璃上，这些物体位于左下方，车前灯根本照不到。他把河边那些大垃圾桶的影像放亮，并把投影略微向上调整了一下。他开启了微型监控器，监视车身周围的一切动静。不管什么人从什么角度靠近，都可以在仪表盘的屏幕上看到。

这些装置在埃里克看来似乎都是玩具，也许在视觉艺术里才有用处。

"易卜拉欣，给我讲讲。"

"好的。"

"我一直在寻思，这些超长豪华轿车会把街道挤得满满当当。"

"会的。"

"它们夜里停在哪儿呢？它们需要大块的空地。是在机场附近，还是在梅多兰兹的某个地方？长岛？新泽西？"

"我想去新泽西。把你的轿车留在这里。"

"哪里？"

"下一个街区。那里有一个地下停车场。只停放豪华轿车。我从你的车上下来，开上我的车，经过一条臭烘烘的隧道回家。"

一幢年代久远的阁楼式工业建筑位于东南角，十层楼高，四方形，原先是中世纪晚期的血汗工厂，那种没有安全门的建筑物。窗户都封起来了，外墙上搭着脚手架，同人行道隔开。易卜拉欣将车靠右一点，与这个封闭的地带保持一定距离。一辆机动车从他们面前开出来。这是一辆午餐车,好像不该在这个时候出现,这不太正常,值得注意。

他把枪插在皮带底下,觉得不太自在。他记得他已经睡过了。他很警觉,心里急于解决问题。事情一定很快就会有分晓。那人的行动计划已经设计好了,清晰可见。

正前方亮起了灯,发出啪啪和嗖嗖的闪光。这是一些碳弧泛光灯,架在三脚架上,固定在路灯的柱子上。此时,一个穿牛仔裤的女人出现了,招呼汽车停下。十字路口浸沉在一片光亮中,夜晚顿时活跃起来。

人们在街道上穿梭,相互打招呼,或是用手机打电话。卡车司机把停在大道两边的长货车上的装备卸下来。拖车则停在街对面的加油站。前方面包车里一个男人把车一边的折叠板放下来,准备开饭。这时候埃里克才看见一辆带活动支臂的滑轮车,正在慢慢滚动到指定位置。支臂的顶端有一个平台,上面放着一个电影摄影机,还有几个人坐在那里。

有一台起重机,埃里克却没有看到。他从车里出来,走到一块没被餐车堵住的地方。他看到一个正在做各种准备的场景。

有三百个赤身裸体的人四脚朝天躺在街上。他们躺满了整个十字路口,姿势是各种各样的:有的是一个摞一个,有的是一个个挨着,其中还有些孩子。没人动弹,也没人睁眼。这样的场景难得一见。整个城市堆满了赤裸裸的肉体,暴露于强烈的灯光之下,毫无遮拦,没有任何保护措施。很难相信这是在一个人来车往的地方。

事情当然有来龙去脉。有人正在拍电影。但这只是一个对比依据。街上,这些赤裸的身体是硬生生的事实。他们的力量是他们自己的,并不依赖于任何事态。然而,在埃里克看来,这是一种奇特的力量,因为在这个场景里,有几分胆怯和倦怠,甚至有一丝害羞。有个女人在咳嗽，脑袋在抽动，膝盖也在抖动。他不知道这些人的任务是装死，还是仅仅没了知觉。他发觉他们既悲伤又大胆，在他们的生活中从来没有赤裸得这样彻底。

技术人员拿着曝光表在这些身体中迂回穿行，轻轻地迈过这些人的头和他们叉开的腿，在黑暗中清点人数。一个女人手拿一块石板站在那里准备记录场景和镜头。埃里克走到拐角处，从挡住人行道的两块弯曲的木板中间挤过去。他站在散发着泥浆和灰尘气味的胶合板小亭里，脱掉了身上的衣服。他想了一会儿，才记起他的上腹部为什么疼得这么厉害。这个部位就是被电枪击中的地方，当时他那个身穿防弹背心的女保镖在闪光中显得分外漂亮。他感到他的生殖器中部有一种持续的疼痛，这是她把伏特加酒滴在上面的缘故。

他用裤子把手枪紧紧裹起来，连同所有的衣服都放在了地上。他在黑暗中摸索着，拐过一角，把肩膀靠在一块木板上，这时他看到了一丝光线。他把木板慢慢推开，听见木板刮擦沥青路面发出的声音。接着，他又侧身绕过胶合板，踏上街道。他晃晃悠悠地迈了十步，走到了十字路口的边缘，这里是那片躺着人体的区域的边界。

他在这些人中间躺下来。他感到地面上黏着被无数车辆碾过的口香糖，一块块像粗纹布。他闻到了地面上的烟气味、泄漏的汽油味、轮胎摩擦烤焦的沥青路面留下的气味。他仰面躺着，头扭向旁边，一条胳膊弯在胸前。他的身体看上去傻乎乎的，就像是一堆工业垃圾中一块油亮的动物肥膘。他睁开一只眼，看见二十英尺高的地方有台摄影机正在拍摄整个场景。他想，主镜头的拍摄还在准备之中。同时，一个女人拿着手提摄像机在整个区域来回跑，拍摄数字视频。

一名高级助理对一名低级助理说:"鲍比,准备开拍。"

整条街道慢慢安静下来。说话的声音都沉寂了,远处的动静也消停下来。他感受到周围所有肉体的存在,感受到它们的呼吸、热量、流动着的血液。不同的人躺在这里,此时都变得一样了——聚集在一起,好像死的活的都堆在了一起。这些人只是群众场面的临时演员,都被要求躺着不动,但是整个场面很壮观,如此彻底和开放,他几乎没法想别的事情。

"你好。"有个人说道。

这是一个位置离他最近的女人,一个趴着的女人,伸出一条胳膊,掌心朝上。她有一头浅棕色的头发,或者是金棕色的。也可能是鹿毛色的。什么是鹿毛色呢?那是介于浅灰的黄褐色与柔和的红棕色之间的颜色。或者说是栗色。栗色听上去更好一些。

"我们都要装死吗?"

"我不知道。"

"没人告诉我们。这让我感到泄气。"

"那就装死。"

她头部的姿势迫使她对着沥青路面说话,所以声音含糊不清。

"我故意摆出一个笨拙的姿势。我想,不管什么事发生在我们身上,很可能已经悄悄地发生了。我还是想以我的个性化的方式把它展现出来。我整个手臂扭曲着,感觉很难受。但就算我换个姿势,我也不会感到好受。有人说金融市场崩溃了。显然是在几秒内崩溃的。所有的钱都化为乌有。他们现在在拍摄最后一个场景,以后不知要停机多久。因此,没有借口去自我放纵,不是吗?"

埃莉斯不是有一头栗色的头发吗?他看不到这个女人的脸,她也看不到他的。但他说话,她显然听见了。如果这是埃莉斯,她听到自己丈夫的声音,难道没有反应吗?那么她为什么要这么做?这可不是一件好玩的事。

远处一辆卡车的隆隆声像敲鼓一样敲在他的脊椎上。

"不过我怀疑,我们不是要真的装死。除非我们是一群邪教徒,"她说,"举行集体自杀。这样的事我真不希望发生。"

一个声音通过扩音器喊道:"大家闭上眼睛。别出声,不要动。"

吊车上的摄影机开始拍摄,镜头渐渐放低,于是他闭上了眼睛。他躺在人群中间什么都看不见,却感觉到镜头把这些簇拥在一起的身体统统收入,感觉冷冰冰的。他们是假装裸体,还是真的裸体呢?他再也弄不清楚了。他们的肤色深浅不一,但他看到的却是黑白两种。他也不知道为什么。也许这样的场景需要暗淡的黑白色。

"打滚。"另一个声音叫道。

他的思维混乱了。他试着观察周围这些活生生的人,看他们同奥斯陆和加拉加斯电视上的形象有没有关联。或者说那些地方同这里有没有什么区别?但为什么要问这样的问题?为什么会看到这些东西?他们把他孤立起来了。他们让他格格不入,这不是他想要的。他想把整个身体置于这些人中间,他们有的文了身,有的屁股上长毛,有的浑身散发着臭味。他想站在十字路口的中间,周围是青筋暴突、身体长斑的老人,旁边紧挨着一个头上长包的侏儒。他寻思,这里很可能有人患有消耗性的疾病,其中少数难以治愈,皮肤也会一片片地脱落。这里还有年轻力壮的人。他自己就是其中之一。他也是有点病态肥胖的中年人,皮肤晒成棕色,身体还算健壮。他想到孩子们做戏一丝不苟的那种美,那么认真,那么精致。他自己也算一个。还有一些人的头依偎在别人身体上,在别人的胸脯上或腋窝下,或者任何可以提供庇护却令人难受的部位。他还想起那些仰面朝天躺着的人,四肢张开,生殖器倒成了身体的中心。有个黑皮肤的女人,前额正中点了一颗红痣,代表吉利。有没有人少了一条腿,膝盖以下装着代表勇敢的假肢?有多少人的身体带着手术留下的伤疤?有个留着长发绺的女孩,缩成一团,整个身体都被长发遮住了,露出粉红的脚趾。她是谁?

他想看看四周,但没有睁开眼睛。过了好久,一个轻柔的男子的声音叫道:"停。"

他挪动了一步,把一只胳膊伸向身后。他感觉到自己握住了她的手。她跟着他到了人行道上用木板隔开的地方。他在黑暗中转过身,吻了她,嘴里叫着她的名字。她爬到他身上,用双腿缠着他的身体。他们就地做爱了,男的站着,女的吊跨在男的身上,四围散发着爆破留下的石料气味。

"我把你的钱都输掉了。"他对她说道。

他听见她扑哧一笑。他感觉到她笑声中的自然呼气,潮湿的气息喷到他脸上。他已经忘记了她那愉悦的笑声、被烟呛到的咳嗽声,这种抽烟时的笑声只有在黑白老电影里才听得到。

"我一直在丢东西,"她说,"今天早晨,我把车给弄丢了。我们以前谈过这个话题吗?我不记得了。"

这种情况有点儿相似。下一个场景是在全世界的影院里放映的那种黑白电影，没有剧本，也不需要资金支持。离开这个裸体人群之后，这两个相爱的人单独在一起，摆脱了记忆和时光的束缚。

"起先，我偷了钱，后来我又给丢了。"

她笑着说："在哪儿丢的？"

"在市场上。"

"哪儿？"她说，"你丢了钱，那钱去哪儿了？"

她舔着他的脸，并爬上了他的身体。他不记得钱去哪儿了。她用舌头舔遍了他的眼睛和眉毛。他发狂般地高高举起她，把脸埋在她的乳沟里揉搓。他感到她的两只乳房在跳动和呻吟。

"诗人们对钱怎么看？他们热爱这个世界，在一行行的诗里找钱。别的什么都不做。只有这样，"她说，"和这样。"

说着，她伸出一只手，兴奋地一把抓住他的头发，顺势把他的头向后扳，而自己俯身去疯狂地吻他。这是个长长的、放纵的深吻，融入了整个身体的热量，这个吻让他终于了解了她——他的埃莉斯：轻柔的呼吸，用舌头舔他的身体，轻轻咬他的嘴唇，湿热的呻吟和销魂的低语，温柔的亲吻，像幼儿那样说话。她的身体在他身上溶化了，双腿缠绕着他，被他的双手抓着的屁股又热又烫。

顿时，他明白自己深爱着她，但就在这个时候她却悄悄从他身体上滑下来，挣脱了他的双臂。接着，她斜着身子从木板狭窄的缝隙中挤出去。他望着她穿过了马路。她是这个拍摄现场最后一个孤独的流动镜头。摄影师和工作人员都不见了，摄影器材也不见了。她身材苗条，表情冷静，高昂着头，径直朝停在服务站的最后一辆拖车走去。到了那里，她会找到自己的衣服，迅速穿好，然后离开。

他摸黑穿上衣服。他觉得路面上的沙砾很粗,像钉子一样扎他的后背和双腿。他满地找他的袜子,却怎么都找不到。他只好光着脚走上大街,手里拎着鞋子。

最后的一辆拖车也走了,十字路口空无一人。这次他没有和司机坐在一起。他想独自坐在这辆软木内壁的豪华轿车的后舱,在青铜色的灯光下观看车内装饰材料的线条和纹理、精致的拼接以及与之相配的造型和质地。汽车长长的内身向后突出,呈流线形。他闻到了周围弥漫着的皮革味,以及装饰前方隔板的红杉木的气味。他感觉到脚下的大理石面凉冰冰的。他抬头看看天花板上的壁画:这幅画的基调是黑色水墨的,风格是半抽象的,根据他出生的时辰排列出天上行星的位置,精确计算到几点、几分、几秒。

他的轿车穿过第十一大道,进入了停车区。这里有几家堆满垃圾的修车铺和破旧的街面店铺。修车、洗车、出售二手车。一块招牌上写着"撞伤车辆修理公司"。一辆辆拆掉外壳的汽车排在人行道上,一直延伸到街上。这是过河之前要经过的最后一个街区,没有居民,也没有人行横道,只有用锋利的铁丝网围起来的一个个停车场。鉴于他目前的车况,在这样一个地方停放他的豪华轿车正合适。他穿上了鞋子。轿车停在离一个地下停车场很近的地方。他的车可以在这里过夜,也许可以永远停在这里,直到被撵走、被清除或是被报废。

起风了。他站在街上,靠近一所被废弃的房子,窗户被钉上了木板,进出的铁门上了锁。他心想,倒不如弄一罐汽油,把车给烧了,在河边燃起一堆木头、皮革、橡胶和电子配件做燃料的篝火。这将是一件十分美妙的事,非常好看。这就是"地狱厨房"。就在这条街上把车烧成一堆熏黑的废钢铁。不过,他不能让易卜拉欣看到这样的场景。

风的力量让河水翻滚。他和司机在汽车边碰面。

"在这里,一大早你能看见一组组穿白色工作服的人在为豪华轿车做保洁。这是一个为豪华轿车服务的市场。擦车布四处飞扬。"

两个人拥抱了一下。然后,易卜拉欣钻进了轿车,顺着斜坡把车慢慢开进了车库。接着,那扇钢栅栏门放了下来。他将开着自己的车从下一条街口出来,朝他家的方向开去。

月亮几乎只剩下自己微弱的影子,成了一弯淡淡的月牙。他估计月亮已经在自己的轨道上运行了二十二天。

他站在大街上。没什么事可干了。他原本没有意识到这种事会发生在他身上。现在不是紧急状态,没有目的。这件事他原先并没有计划过。他以前过的那种生活哪儿去了?他现在没地方去,没什么可想,也没人在等他。如果所有的方向都是一样的,那么他该朝哪个方向走呢?

接着,一声枪响从风中传来。一定是有事发生。不过,也许是小事,像这样空洞的砰的一声,来得快,去得快,危险性微乎其微。他也不想把这事看得太严重。然后,又是一声枪响,接着就是一个男人的声音,大声喊叫他的名字,声音长短不齐,沙哑刺耳,听上去比枪声还令人毛骨悚然。

埃里克·迈克尔·帕克

那么,这就是个人的行为了。他想起腰里还别着枪。他把枪拿在手中,准备朝身后人行道上的几只垃圾桶跑去。那里可以隐蔽,可以作为掩体来开枪反击。然而，他却并没有这样做，仍是站在大街中间，面对着这幢上了锁的大楼。又是一声枪响，但呼呼的风声几乎将它淹没了。枪声似乎是从三楼传出来的。

他看了看自己手里的枪。这是一把短管左轮手枪，枪身小，扳机大。他查看了一下枪膛，只有五发子弹了。不过，他知道自己不会去数枪膛里的子弹。

他准备开火，眼睛闭着，想象手指搭在扳机上，同时看见街上的那个人，也就是他自己，正面对着这幢死气沉沉的大楼。

然而，似乎有什么东西朝他这里移动，从他的左肩过去了。他睁开了眼睛。那是个骑自行车的送信人，敞着怀。这人伸开两只胳膊一路骑过去，一个急转拐上了西边的高速公路，然后沿着码头向北去了。

埃里克瞧了片刻，眼神中透着些许好奇。接着，他转过身，开了一枪。他是朝这幢大楼本身开的枪。这就是他的目标。这对他来说是有道理的，因为这样做可以解决关于那个人是谁等许多问题。

那个人开枪回击了。

为什么人们把枪声当成放爆竹的声音，或者汽车回火的声音？因为没有杀手追杀他们。

他慢慢靠近了大楼。上了锁的大门看上去令人生畏，那是一把大头铁锁。他本想朝那把铁锁开一枪，就像电影里那种笨拙的动作。他知道，一定还有别的进出通道，因为这把锁从大楼里面也无法打开。他的左侧还有一扇大门，只有几步路的距离，通向一条狭窄的、沾有狗屎的小巷，顺着这条小巷可以到达大楼后边一个堆满垃圾的院子。

他用力推开一扇旧得变了形的门。他以前进行体能训练的教练是个女人，名叫拉蒂维安。门被推开了，他走进大楼。走廊里又潮又湿。一个男人躺在门厅里，不知是死了还是睡着了。他绕过这个人的身体，借着吊灯晃动的微弱灯光，爬了两级楼梯。

风从上面的楼层吹下来。楼道上到处是散落的墙灰、各种垃圾和泥沙，还有马路上吹来的碎屑。来到三楼，他跨过一些泡沫塑料食盘，里面是没有吃完的食物，还有一些抽到根部的烟蒂。除了一扇房门之外，其他所有的门都不见了。风从一扇没有玻璃的窗户吹进来。风声在房间和走廊里呼呼作响，这点他喜欢。他也喜欢看着两只老鼠朝附近的食物跑过来。这两只老鼠看上去很不错。它们的声音听起来也是这样急匆匆的。

他站在一间有门的套房外面。他背冲着墙，肩膀倚着侧柱。他把枪举到和自己的脸一般高，枪口朝上，目光直视，望着起风的门廊。他看不太清楚东西，但沉思了片刻。

接着，他转过头，看看手里的枪，这枪离自己的脸只有几英寸。

他说："我有一把捷克造的枪，可以对它说话。不过，我把它扔掉了。如果这东西还在的话，我会站在这里模仿托沃尔的声音，这样我可以让它作出反应。我碰巧知道了密码。我也可以模仿托沃尔的声音，默念南茜·巴比奇，南茜·巴比奇。我现在可以说出他的姓名，因为他已经死了。这把枪是一个武器系统，而不是简单的一把枪。你才是一把枪。一个男人，一把枪，一道紧锁的门。这样的场景我见过上百次了。小时候，我母亲经常带我去看电影。我父亲去世以后，她还经常带我去看电影。我的童年就是这样度过的。我已经不止两百次目睹这样的镜头。我母亲会告诉我每场电影里男主角的名字。男主角就是像我现在这样站着，背对着墙。他站得笔直，举枪的姿势也和我一样，枪口朝上。然后，他转过身，把门踢开。门总是锁着的，他总是用脚踢开。老电影和新电影里都是这样。倒也无妨，只要有门，就一定有人踢。母亲记得男主角的中间名、他的婚史，还有他被遗弃的母亲坐在椅子上打盹的那家养老院的名称。总之，一脚就够了，门立刻会开。我把眼镜忘在车里或理发店里了。我能看见自己站在这里徒劳地低声念叨南茜·巴比奇，你这个臭婊子。那接下来又怎么样呢？一旦他说出她的名字，枪就会立刻自动操作，并持续一段时间或者直到所有子弹都打完之后才恢复常态。因为我无法想象'你在不停地说出她的名字，在一个小巷里向面无表情的杀手快速开火'。母亲们总是喜欢下午带孩子去看电影。我们常常坐在空空的电影院里。我会对母亲说一脚是不可能把门踢开的。我们俩谈论着不安全的社区里那些摇摇晃晃的纱门，那里发生的谋杀就像电影里胡乱杀人的情节。我虽然是个小孩，有点儿书呆子气，但还是有自己的见解。他没有说出我的名字，我没说出他的名字。既然他已经死了，我可以说出他的名字了。我懂一点儿捷克语，这在饭店和出租车里很有用。不过，我从来没有学过这门语言。我可以站在这里聊聊我学过的几种语言，但这又有什么意义呢？我不喜欢回忆过去。回忆过去的某一天、某一个星期或者某一种生活经历，就等于对自己的过去开膛破肚，取出内脏。只有在没有回忆干扰的情况下，一个人的力量才能发挥到极致。每当我和母亲在电影里看到这样的镜头的时候，我都会告诉母亲，拍这部电影的人并不明白，现实生活中用脚踢开一扇结实的门是多么困难。我把眼镜忘在理发店里了，不是吗？钛合金的镜架，树脂镜片。无论我们看什么类型的电影——惊险的侦探电影、西部电影、浪漫电影、喜剧电影，总是有一个持枪男人，站在一扇紧锁的房门外面，随时准备一脚把门踢开。起初，我并不在意他们之间的关系。但是现在我心想，他们是做了一件不可思议的事情，否则，他怎么会对自己的手枪低低念叨她的名字呢？一个人不张扬，才能把力量发挥到最佳。甚至在科幻小说里，他也是站在那里，手持激光枪，把门踢开。如果保镖和刺客都持有武器，而且都讨厌我，他们之间又有什么差别呢？我能看见他笨重的身体压在她身上。南茜，南茜，南茜。或者，他就说出她的全名，因为他对他的枪就是这样说的。我想知道，这个女人住在哪儿，她乘公交车去上班时，心里在想些什么。我站在这里能够看见她从浴室出来，把头发擦干。女人光着脚在拼花地板上走，这景象让我膝盖发软，让我疯狂。我知道，我是在对一把没有反应的枪说话，但她脱衣服时是怎样脱的呢？我在想，他们快活的地点是在他的家里，还是在她的家里。母亲们总是下午带孩子去看电影。我和母亲去看电影，是因为我们俩要学会怎样单独相处。我们感到寒冷而茫然，而我父亲的灵魂正在寻找我们，要在我们的身体里安居，我说这话并不是要博得你的同情。我能够想象她在做爱高潮中面无表情的样子，因为南茜·巴比奇就是这德性，一张白纸般的脸。我说出了她的名字，但没说他的。我以前可以说出他的名字，但现在我却不能说，因为我知道他们俩之间发生过什么。我在想，她的梳妆台的镜子里是否挂着他的照片？他们俩在其中一个死去之前曾经做过多少次爱？我站在这里，怒火在我脑子里燃烧。换句话说，我得杀他多少次？母亲们都接受一脚能把门踢开的谎言。门是什么？一种可移动的结构，通常靠铰链转动，它把入口堵得严严实实，只有重重的、连续的撞击才能把它强行打开。"

他把身体从墙边挪开,转身站到门前。接着,他用脚跟猛地揣了一下门。门立刻就开了。

他一边射击,一边走进房间。他没有目标,只是肆意开火。

墙倒塌了。这是他在摇曳的灯光下看到的第一样东西。他往前面一个不小的空间里瞧,地面上到处散落着碎石块。他试图找出那个人。这里有一个破烂不堪的空沙发,旁边还有一辆健身车。他看见一张笨重的桌子,像艘战舰,上面堆满了纸张。他还看见厨房和浴室的残迹,曾经摆放基本设施的地方现在空空如也。有一个从建筑工地弄来的橘黄色的流动厕所,七英尺高,黑乎乎,满是尘土,布满了凹痕。他还看见一张咖啡桌,上面有个小碟子,里面竖着一支没有点燃的蜡烛,还有一把Mk.23军用手枪,枪的周围散落着几十枚硬币。枪身是黑色抛光的,九点五英寸长,还配有一个激光瞄准器。

厕所的门是开着的,一个男人从里面走出来。埃里克被这个人的出现分了神,于是又胡乱开了一枪。这个男人光着脚,穿着牛仔裤和T恤衫,一块浴巾裹着头和肩膀,像披着祷告用的披巾。

"你在这里干什么?"

"这不是问题,问题应该由你来回答。"埃里克说,"你为什么要杀我?"

"不,这不是问题。这样太简单了,根本算不上是问题。我要杀你,是因为要在我有限的生命里做一件事来证明我的价值。看,有多简单。"

他走到桌子前,拿起了手枪。然后,他坐到沙发上,弓起身子,浴巾遮住了半个身体。

"你不是善于思考的人。我只是活在我的头脑里,"他说,"给我一支烟。"

"给我喝杯酒吧。"

"你能认出我吗?"

他身体单薄,脸上的胡子也没刮。这个人摆弄这样一件可怕的武器,看上去实在有些荒唐。这把枪已完全控制了他,就像他头上的浴巾,紧箍咒一样地扎住了他。

"我看不清你。"

"坐下吧。我们谈谈。"

埃里克可不想坐在这辆健身车上。这样的话,两个人的对峙将会演变成一场闹剧。他看到一把和桌子配套的塑料椅子,便把它拿到了咖啡桌旁边。

"好吧,我喜欢这样。坐下来,说会儿话,"他说,"我这一天可太漫长了。遇见很多事和很多人。是到了该好好歇歇的时候了。对,该静下来反思一下。"

此人向天花板开了一枪。这让人吓了一跳。不是埃里克吓着了,而是另一个人,那个对象。

"你不熟悉那种枪。我刚开过那种枪,那是一种厉害的枪。而这种枪,"他边说边摆弄手里的左轮手枪,"我正考虑在我的套房里安装一个射击场。"

"为什么不装在你的办公室里?摆好靶子,然后一个个射过去。"

"你知道我的办公室,对吗?对,你曾经去过那里。"

"告诉我,你以为我是谁?"

他想要知道答案的可怕心情、他那种可怜的预期,清楚地表明,埃里克的下一句话或者再一句话可能是他最后的一句话。他们俩隔着桌子面对面坐着。他没有想过他可以先开枪。倒不是说他知道弹膛里还剩下一颗子弹。

他说:"我不知道,你是谁?"

此人把浴巾从头上拿下来。这个动作对埃里克来说毫无意义。他的额头很高,头发稀疏,也没梳理过,一绺一绺地耷拉着,显得细弱无力。

"或许你可以告诉我你的名字。"

"你不会知道我的名字。"

"我知道的名字比我见过的面孔还要多。告诉我你的名字。"

"本诺·莱文。"

"这是个假名字。"

此人听到这话,有点儿吃惊。

"这名字是假的,是伪造的。"

此人显出一阵慌乱和难堪。

"这是个假名。不是真名。不过,我想我现在认出你来了。你下午的时候在银行外面的取款机前出现过。"

"你看见我了。"

"你看上去很眼熟。我也不知道为什么。可能你以前给我干过活。你恨我。想杀了我。很好。"

"你和我生活中的一切把我们带到了现在这个时刻。"

"很好。我现在想喝一大杯冰镇啤酒。"

此刻，尽管那个人表现出憔悴、乏力和绝望，但他眼睛里还是露出了一丝光芒。一想到埃里克认出了他，这让他受到了鼓舞。他是被认出来了，而不是见过一面而已。在拥挤的大街上被看到过，而且引起某种关联。这个男人显然已经陷入绝望之中，眼睛里的那份专注已经不再凶狠和致命了。

"你多大年龄了？我很感兴趣。"

"你认为像我这样的人不会有什么经历，是吗？"

"多大年龄？"

"我们都有过一些经历。我四十一了。"

"正值壮年。"

"但这不是令人感兴趣的年龄。我也可能到四十二了，因为我从来不计算自己的年龄。我何必去计算呢？"

风从走廊里吹过来。他看上去有点冷，又把浴巾披在头上，浴巾的下摆盖住了肩膀。

"我变成了自己的一个谜。就像圣奥古斯丁说的。我的病根就在这里。"

"这不过是个开头。是自我实现的关键。"埃里克说道。

"我不是在说我自己。我是在说你。你的整个生命是一个矛盾体。这就是为什么你亲手造成了自己的垮台。你来这里干吗？我从厕所出来的时候，首先问你的就是这个问题。"

"我注意到了这个厕所。这是我注意到的第一样东西。你的排泄物是怎么处理的？"

"马桶的底座上有一个洞。那是我在地板上凿出来的洞。然后我把马桶固定在上面,这样一个洞就接上另一个洞了。"

"这些洞很有意思。市面上有关于洞的书籍。"

"还有关于屎的书呢。不说这个了。我想知道,明明这屋子里有人准备杀你,你为什么还要进来?"

"好吧。那你来告诉我,我来这里干吗?"

"你得告诉我。是因为某种意想不到的失败,还是因为你的自尊受到了打击?"

埃里克在琢磨这个问题。桌子对面,那人低下了头,把枪放在两个膝盖之间,用两个手紧紧地抓着。他保持着这个姿势,在忍耐,在思考。

"日元。我猜不透日元是怎么回事。"

"日元?"

"我算不准日元的走势。"

"那么,你把一切都搞砸了。"

"日元耍了我。这事以前从来没发生过。我早变得半心半意了。"

"这是因为你只有半颗心。给我一支烟。"

"我不抽烟。"

"巨大的野心。对别人不屑一顾。我能一一列举。我能说出这种人和他们的欲望。践踏别人,无视别人,迫害别人。唯我独尊。缺乏悔恨之心。这是你们的天赋。"他伤感地说道,并没有讽刺的意味。

"还有什么?"

"还有你们骨子里的那种古怪的情感。"

"什么?"

"告诉我,我说的对不对?"

"什么?"

"对早死的一种直觉。"

"还有吗?"

"还有。内心深处的疑虑。这些疑虑,你自己是永远不会承认的。"

"你知道的不少啊。"

"我知道你抽雪茄。我知道关于你的一切传闻和记载。经过多年的研究,我能从你的脸上看出你的心思。"

"你以前为我工作过。那时你做什么?"

"货币分析。研究泰铢。"

"泰铢可有点儿意思。"

"我喜欢泰铢。不过,你的那个系统受时间的限制,我跟不上。我找不到它的规律。它太微观了。我开始痛恨我的工作,还有你,还有我的屏幕上出现的所有数字,以及我生命中的每一分钟。"

"泰铢兑换一百萨当。你的真名叫什么?"

"你不会知道的。"

"告诉我你的名字。"

他往后坐了回去,眼睛望着别处。对他来说,说出自己的名字就像是他的一个致命的失败。这是性格和意志的内在失败,而且不可避免,抵制是毫无意义的。

"希茨。理查德·希茨。"

"这对我无关紧要。"

这话是他当着理查德·希茨的面说的。这对我无关紧要。他心里产生了一丝旧时的那种快感：随意地说一句话，让一个人觉得自己毫无价值。一件不值得记住的小事，却能引起轩然大波。

"告诉我，你是不是想象我偷走了你的创意？我说的是知识产权。"

"大家是怎么想象的？一分钟里可以发生一百件事情。不管我是否想象，对我来说都是真实的。比方说，我患上的马来西亚综合征就是真实的。我想象的事情全都成了现实。统统都有时间和地点。"

"你在强迫我通情达理，我并不喜欢这样。"

"我心里有严重的焦虑，觉得我的生殖器正在缩进我的身体里。"

"可它并没有缩。"

"正在缩进我的肚子里。"

"可它并没有缩。"

"不管它有没有缩，我知道它在缩。"

"那给我看看。"

"不需要看。民间都信这个。确实有许多流行病发生。成千上万的男人处在真正的恐慌和痛苦之中。"

他闭上眼睛，向两脚之间的地板开了一枪。枪声在房间里回荡，等枪声消失后，他才睁开眼睛。

"好吧，像你这样的人会有这样的经历。我理解这一点。我相信这一点。但不是用暴力。也不是用枪。用枪是完全错误的。你不是一个喜欢暴力的人。只有在崇尚暴力的世界里，建立在真实的动机之上的暴力才是真实的，那会使我们想进行自我保护或者采取激进行动。不过，你要犯的罪行只能是低级模仿。那是老掉牙的疯狂行为。人们往往看别人怎么做，自己就跟着怎么做。这是一种综合征，是从别人那里传染过来的东西。它没有自己的历史。"

"它是有历史的,"他说,"它的整体就是历史。你是个肮脏和疯狂的富豪。别提你的慈善事业。"

"我没有做慈善事业啊。"

"这个我知道。"

"你并不憎恨富人。那不是你的感觉。"

"我的感觉是什么?"

"困惑。就因为这个,你找不到工作。"

"为什么这样说?"

"因为你想杀人。"

"我并不是因为这个才找不到工作的。"

"那是因为什么?"

"因为我身上有味,你闻闻我。"

"那你闻我。"埃里克说道。

此时,那人琢磨起这句话来。

"即使当你在自我毁灭的时候,你也想要更多的失败,失去更多的东西,比别人死更多次,发出的臭味比别人更强。在古老的部落里,如果哪个首领损失的个人财富比别的首领多,那么他就是最强大的。"

"还有吗?"

"你拥有的一切,为它生,为它死。我一无所有,谈不上为什么生,为什么死。这是杀你的另一个原因。"

"理查德。听着。"

"我希望别人叫我本诺。"

"你惴惴不安,是因为你感到自己没什么作用,没什么地位。不过,你得问问自己,这是谁的错?事实上,这个社会并没有多少你可以憎恨的东西。"

本诺听到这话后扑哧一笑。他的眼睛露出一丝疯狂的目光。他四下环顾,一面晃动身体,一面大笑。他的笑声中没有快乐,令人不安,而且他的身体晃动得越来越厉害。他不得不把枪放到桌子上,这样他就可以尽情地大笑和晃动了。

埃里克说:"想想吧。"

"想想?"

"暴力需要有一个理由,一个真理。"

他想到了他的保镖——脸上有伤疤,一副严阵以待的架势,还有一个硬邦邦的斯拉夫名字"丹科",曾经在家族战争中浴血奋战。他想起了失去一根手指的锡克教徒——他和埃莉斯乘坐出租车时瞟见的那个司机。那是在今天很早的时候,几乎记不起来了。他想起了易卜拉欣·哈马杜——他的司机,饱受政治、宗教、家族仇恨的折磨,是根深蒂固的敌人祖先精神驱使下的暴力的受害者。他甚至想到了安烈·彼得雷斯库,那个馅饼刺客,砸在他脸上的那些馅饼以及他还击的重拳。

最后,他想到了那个自焚的人,想象自己回到了时代广场的那个场景中,观看那个燃烧的身体,或者进入那个身体,透过燃烧的汽油和熊熊的火焰望着外面。

"这个世界除了别人什么都没有。"本诺说道。

他说话有点儿费劲。字字仿佛都是从他的脸上蹦出来的,并不是大声说出来的,而是在精神压力下脱口而出。

"有一天,我有了这个想法。这是我生命中的一个想法。我处在别人的包围之中。人和人之间都是一种买卖关系。他们共进午餐。我想,我在注意他们,他们也在注意我。街上的灯光照透了我的身影。我在灯光下清晰可见。"

说着,他张开他的两只胳膊。

"我琢磨周围的这些人。我在想,他们是怎么变成现在这个样子的?到处是银行和停车场。电脑里出售飞机票,饭店里挤满了谈话的人。人们在那里签署商业文件。他们从真皮文件夹里把文件拿出来,签好字,然后把商业拷贝与客户拷贝分开,最后把信用卡放进自己的钱包里。就凭这个,他们都能成功。他们这些人都有私人医生为他们安排体检。凭这个就足够了,"他说,"我在他们的系统中觉得很无助,这个系统对我来说毫无意义。你们想让我成为一个无助的机器人士兵,但我只能成为一个无助的人。"

埃里克说:"不对。"

"这就好比是女人的鞋子。她们给鞋子取各种不同的名字。就像图书馆后面的公园里的那些人,坐在太阳底下聊天。"

"不对。你压根儿就没有道德观念。并不是某种不公正的社会力量逼你去犯罪的。我不喜欢讲大道理。你不会和富人过不去。没有人会和富人过不去。每个人只要花十秒钟就可以致富。或者大家都这样想过。不,你是在你的头脑里犯罪。又一个傻瓜在餐馆里胡乱开枪了。"

他看了看放在桌子上的那把 Mk.23。

"子弹打穿墙壁和地板。这么做是徒劳和愚蠢的,"他说,"甚至你的枪也是荒诞的。它叫什么来着?"

那人似乎被触到了痛处,被说中了要害。

"连接扳机保险装置的那个部件是什么?它叫什么来着?派什么用处?"

"好吧。我没有男子气去熟悉这些名字。男子汉们熟悉这些名字。你具有男子汉的经验。我没想得那么远。我能做的一切就是成为一个普通人。"

"暴力需要一种担当,需要一个目的。"

埃里克把枪口抵在左手的手心里。他要把事情想清楚。他想起了自己的安保主管倒在沥青路面上,生命只剩下一秒钟。他想起了这些年来倒下的其他人,形象模糊,又不知道姓名。他内心感到一种强烈的悔恨。这种感觉贯穿他的全身,是一种负罪感。真奇怪,贴在他手指上的扳机感觉起来竟然如此柔软。

"你在做什么?"

"我不知道。也许什么也没做。"他说道。

他望着本诺,扣动了扳机。就在他开火前一刹那,他意识到枪里还剩下一发子弹。子弹在他手掌中打穿了一个洞。

埃里克低头坐在那里,脑子一片空白,感到了疼痛。受伤的手开始发烫,就像被烈火焚烧一样。这只手似乎从他的身体分离出来,反常地活在它自己的小天地里。他的手指都弯曲了,中指在抽搐。疼痛像沉重的榔头一样在撞击他的身体。鲜血顺着手的两侧流下来,黑紫色的烧焦的印记开始扩散到整个手掌。

他为了减轻疼痛,闭上了眼睛。这样做无济于事,但后来他本能地集中精神,通过分泌荷尔蒙来缓解疼痛。

桌子对面的那个人用浴巾把自己裹得严严实实。对他来说，似乎再也没有什么值得想或值得做的了。话语，或声音，从浴巾里传出来。他一只手放在另一只上面。那只弯曲的手还是僵直地待在那里，而另一只手只能无奈地表示同情。

有疼痛就要有忍耐。埃里克不清楚自己是否在忍受痛苦。他确信本诺是在忍耐。埃里克望着本诺给自己严重受伤的手贴了块冷敷布。对他们俩来说，这并不是一块冷敷布，他们俩默契地认为，这东西对疼痛可能多少有一些缓解作用。

枪声的回音像电一样穿过埃里克的前臂和手腕。

本诺用大拇指轻轻地将纱布打了一个结，他是用两块手绢缯在一起做的纱布。他用铅笔当支架，找来碎布当绷带把前臂缠紧，目的是为了止血。

他回到沙发上，仔细观察正在忍受疼痛的埃里克。

"我想，我们应该聊聊。"

"我们正在聊。不是一直在聊吗？"

"我觉得，我比任何人都更了解你。我具有一种奇特的洞察力，不知是对还是错。我常常在网上看你冥想。你那张脸、那种冷静的仪态，我就是忍不住要看。有时你的冥想长达几个小时，而这只会让你更深入你冰冷的内心。我每分钟都在看，在观察你的内心。我了解你。我还有一个恨你的理由：你可以坐在一个房间里冥想，而我却不能。我当然也有一个房间。可我从来就没有精神家园——在那里我可以陶冶心境、净化头脑、静静思考。后来，你关闭了你的网站。你的网站关闭之后，我不知怎么好像死了，之后好长一段时间都是这样。"

他的脸上流露出了一丝温和的神情，在谈到仇恨和冷酷时又显现出一种悔恨。埃里克本想回应本诺。但是疼痛正在折磨他，让他觉得自己在变小——不光是他的身体，还有他的人格和价值。这不是手，是头脑，但也还是手。他感到这只手在慢慢坏死。他觉得自己能闻到上百万个坏死细胞的气味。

他想说些什么。风又刮进来了，比先前更猛烈，扬起了倒塌墙壁散落的灰尘。屋子里的风声夹杂着异样的声音，像是摩擦刀片的声音，屋里屋外都让人没有安全感。走廊里纸张被吹得到处都是，门被风刮得先是砰的一声差点关掉，后来又吹开了。

他说："我的前列腺不对称。"

他的声音小得几乎听不见。停顿了半分钟之久。他感到那人正在仔细打量自己。此时他感到一丝温暖，那是一种人性化的感觉。

"我的也是。"本诺轻声说道。

他们互相望着对方。又是一阵沉默。

"这意味着什么呢？"

本诺点了点头。他很欣慰，坐在那里不住地点头。

"没什么。这并不意味着什么。没事的。一种无害的变异。没什么好担心的。像你这样的年龄，为什么要担心？"

听到一个跟他同样情况的男人说出这些话，他感到从未有过的轻松。一种幸福感油然而生。长时间深埋心底的痛苦就这样消逝了，那是一种半吊子的医学知识，曾经一直萦绕在他的心头。裹在手上的手帕已经被鲜血浸透了。他感到一种安宁和愉悦笼罩着他。他的那只没受伤的手仍然握着枪。本诺身披浴巾，还是坐在那里点着头。

他说："你本应该听听你的前列腺。"

"你说什么？"

"你试图运用大自然中的规律来预测日元的走势。这当然没错。树木的年轮、太阳花的种子、星系旋臂的支端，这些都有数学属性。我也是通过研究泰铢才得知的。我喜欢泰铢。我喜欢自然与数字之间的交叉和谐。这些是你教会我的，从宇宙深处的脉冲星发射出来的信号遵循标准的数字序列，这反过来可以描绘某种股票或货币的波动态势。这些都是你让我看到的。市场的周期，同繁殖蚱蜢、收获小麦的周期是一样的，可以互换。你把这种分析做到可怕和残酷的精确程度。然而，你却忘记了这个过程中的某些东西。"

"什么东西？"

"那就是不对称的重要性，或者说偏斜的重要性。你一直试图在寻找平衡，美观的平衡，同样的部分，同样的边缘。我了解这一点，我了解你。不过，你本应该在日元的振荡和扭曲中不断地跟踪它。轻微的扭曲，或者说畸形。"

"畸形？"

"这就是答案所在。在你的身体里，在你的前列腺里。"

本诺温和而充满智慧的话语并不带一丝斥责的口气。他很有可能是对的。他的话确实有一定的道理。它具有一种严酷的意义，一种指导性的意义。也许他是一个值得尊敬的刺客。

他绕过桌子，掀起埃里克手上的手帕，查看伤口。他们俩一起看着伤口。这只手已经僵硬，像是一块粗糙的纸板，靠近手腕的血管已经坏死，渐渐变成灰色。本诺走到自己的书桌前，找到一些外卖带来的餐巾纸。他回到他们俩坐的桌子旁，拿掉埃里克手上浸满鲜血的冷敷布，用餐巾纸把手掌正反两面的伤口包住。随后本诺小心翼翼地放开自己的双手，等待结果。餐巾纸贴住了伤口。他站着观察，直到餐巾纸掉不下来，他才满意了。

他们面对面坐了片刻。时间仿佛在空气中逗留。本诺将身体俯过桌子，把枪从埃里克的手中拿走了。

"我还是得杀了你。我愿意和你讨论一下。不过，如果我不杀你，我就没法活下去。"

就像是被整个世界笼罩着一般，疼痛笼罩着埃里克。他满脑子都是疼痛，根本没有任何空间。他能听见疼痛在他手和手腕里嗡嗡作响。他再一次闭了片刻眼睛。他感觉自己处在黑暗的包围之中，但又在黑暗的外面，即另一边的光亮之中。他觉得自己同时处在包围圈的内外两边，感觉到自己，同时又看得见自己。

本诺站起身来，开始踱步。他心神不宁，脚上也没穿鞋子，两只手里各拿着一把枪。他朝北墙上被木板封住了的窗户走过去，跨过地上的电线、倒塌的灰泥防护墙和护墙板。

"图书馆的后面有一个公园，那里有很多人。这些人下班后就到平台上喝酒，他们坐在小巧的座椅上，围着桌子说话，他们的声音在空中交汇。你走过那里吗？你是不是想杀了他们？"

埃里克思忖片刻。他说："不。"

本诺绕过厨房的废墟，停下脚步，拉开窗上的一块木板，朝外面的街道望去。他对着夜色嘟囔了几句，接着又开始踱步。他神情紧张，步伐没有规律，跳舞不像跳舞，嘴里还在嘀咕着什么，好像在说要抽支烟。

"我患有恐慌症。这些年来心中积怨很深，但现在不再有了。你无论如何都得去死。"

"我可以告诉你，我的处境在这一天之内已经改变。"

"我有我的综合征，你有你的心结。你就像伊卡洛斯坠海死去一样，自取灭亡，在阳光下融化。你会摔死在只有三英尺半高的地方。这也称不上英雄行为，对吧？"

他此刻已经到了埃里克的身后，纹丝不动，只是静静地呼吸着。

"即使是我脚趾缝里的真菌也会和我说话的。这些真菌都要我杀了你。你是肯定要死的，就因为你在这个地球上所处的地位。甚至我脑袋里的寄生虫也是这么想的。它向我传递外太空发来的信息。你的罪行是真实的，因为你这个人的思想和行为影响到每一个人、每一个地方。我自己也是一个有历史的人，就像你说的那样。你必须死，为你的思想和行为付出代价。还有，为你的公寓、为你所花的钱、为你每天的体检。单为这个你就必须死。为你得到多少，失去多少。为你得到的，更为你失去的。为你的豪华轿车，它剥夺了人们的新鲜空气，人们只能到孟加拉国去呼吸了。单为这个你就必须死。"

"别开玩笑了。"

"没和你开玩笑。"

"你那是在胡扯。你一生中从来没有为别人着想过，哪怕是一分钟都没有过。"

他看见那人在退缩。

"好吧。你现在还在呼吸空气。你还有自己的思想。"

"我可以告诉你,我的思想已经变了。我的处境也已经改变。这又有什么关系呢?也许这些都不该发生。"

"这些都没什么。如果我能抽支烟就好了。一支就行。一支烟上抽一口。我可能就不必枪杀你了。"

"你脚趾缝里真有真菌和你说话吗?我是认真的。人们可以听到事物说话。他们可以听到上帝说话。"

他说的是真心话。他是认真的。他想说真话,想听听眼前这个男人说些什么,听听他漫无边际地叙述自己的一切。

本诺绕过桌子,一屁股坐在沙发上。他放下老式的左轮手枪,仔细瞧着他的先进武器。也许这把枪要先进一些,也许是军方在一两天前报废的。他把浴巾从头上拽到脸上,用枪瞄准了埃里克。

"总之,你已经死了。你像一个已经死了的人,你和一百年前死去的人没有区别。死了许多个世纪了。多少帝王早已化为灰烬。皇族们身穿睡衣,品尝着羊肉。我这一生中用过羊肉这个词吗?羊肉,不知从哪儿跑到我的脑子里来了。"

埃里克后悔自己早晨离开公寓之前,没把他的俄国狼狗用枪打死。在此之前,他是否有过不祥的预感,想到过要这样做?还有他在三十英尺长的鲨鱼缸里养的那条鲨鱼,缸里四周全是珊瑚和海苔,整个鱼缸嵌在毛玻璃的墙里。他原本可以吩咐他的助手把鲨鱼转移到泽西岛海岸,然后将它放归大海。

"我原想让你来给我疗伤,来拯救我。"本诺说道。

他的眼睛在浴巾的边缘下发亮。他的目光直勾勾地盯着埃里克的脸，怪吓人的。但是，这并不是谴责的眼神。他的眼神中有恳求，有回忆，还有一个沦落之人的希望和需求。

"我想让你来拯救我。"

本诺的声音中带着一种过度的亲密，一种埃里克无法回报的感情和经验。埃里克为眼前的这个男人感到悲伤。那是一种多么孤独的执着、仇恨和失望啊。这个人比任何人都了解自己。他瘫坐在那里，依然举着枪，但他心里明白，即使他为自己的解脱真的开枪打死对方，那也无济于事，什么都改变不了。埃里克曾经辜负了这个驯服的、不友好的、愤怒的、精神失常的男人，而且还会再辜负他。想到这里，他不再正视眼前这个男人了。

埃里克看着手表。他只是偶然瞥了一下。手表戴在他的手腕上，鳄鱼皮的表带，正好位于贴住伤口的餐巾纸和用黄色铅笔支起的止血带之间。不过，手表此刻并没有显示时间。手表的水晶面上映出了一张脸。那是他的脸。这表明他在不经意间启动了微型电子摄像机，也许是在他开枪打伤自己的时候启动的。这个摄像机是一个具有显微功能的精密仪器，几乎可以提供纯粹的信息。它几乎是形而上学的。它在表体内运作，收集附近的人和物的影像，然后把他们展现在水晶表面的微型屏幕上。

他卷起胳膊，手表屏幕上他的脸不见了，取而代之的是头顶上一根悬挂的电线。接下来是一个变焦近镜头，一只甲虫在电线上慢慢爬行。他研究起这个小东西，观察它的口器和前翅，他被它的美丽所吸引，这是一种细致的美丽，闪烁着光彩。接着，他的周围似乎有什么事情发生了改变。他并不知道这意味着什么。这到底意味着什么呢？他忽然意识到，他以前曾经有过这种感觉，只是一种隐隐约约的感觉，并不强烈，并不清晰。此时手表屏幕上的影像是一具尸体，脸朝下趴在地板上。

他感到自己的血液在刹那间凝固了，心跳也停顿了。

四周并没有看到尸体。他想到今天早些时候在门厅里看到的那具尸体。手表屏幕上怎么会出现摄像机拍摄范围之外的影像呢？

他看看本诺。后者显得抑郁寡欢，神情茫然。

这是谁的尸体？什么时候死的？难道所有的现实都可以合二为一，所有的可能性可以变为现实吗？

埃里克摆动他的胳膊，一会儿直，一会儿弯，让手表的屏幕面向六个不同的方向，但一个男人的尸体始终出现在屏幕上。他抬眼看见甲虫沿着电线的弯曲和裂缝，以一种特有的缓慢速度往下爬。这是甲虫淳朴古老的行为方式，就像是在吃树叶，不慌不忙。埃里克又把镜头对准了这只甲虫。但是，那具趴着的尸体依然留在屏幕上。

埃里克看看本诺，用自己的那只好手盖住了手表。他想到了他的妻子。他想念埃莉斯，想和她说话，亲口对她说她是多么美丽。他对她说了谎，欺骗了她，同她过着二流的婚姻生活，参加晚宴，问问医生的诊断。

再看手表屏幕的时候，他看到一辆救护车的内部，里面有打点滴的器具，还有活蹦乱跳的人头。这个影像持续了还不到一秒，屏幕上就出现了一个情景，给人一种似曾相识的熟悉感觉。他再次用手遮住了手表，然后看看本诺，后者前后摇摆，嘴里还神秘兮兮地嘟囔着什么。埃里克又看了看手表的屏幕。他看到的是一系列的拱顶，拱形的墙，拱形的隔间，不过都被密封了。接着，他看到一个拱顶滑开了。他又用手遮住了手表。他抬眼看着电线上的甲虫。当他再次看手表的时候,他看到了一个身份牌。这个身份牌是在一个长镜头中出现的,系在一条塑料表带上。他知道,他感觉到,接下来会是一个近镜头。他想要遮住手表,但没有这么做。他看到了这个身份牌的特写镜头,于是仔细阅读牌子上的铭文。"男性Z"。他知道这代表什么。不过,他不明白自己是怎么知道的。我们怎么会知道任何事情的?我们怎么会知道我们看到的墙是白色的呢?什么是白色?他用那只好手遮住了手表。他知道,"男性Z"代表医院太平间里那些身份不明的尸体。

妈的!我死了。

他一直想成为量子灰尘,超越他的肉身,超越他的骨头上面的软组织,还有肌肉和脂肪。他这种想法是要活在特定的人类界限之外,活在芯片上,活在光盘上,像数据一样活在旋转中,活在闪光的自旋中。这是从虚空中保留下来的意识。

科技有时近在咫尺,有时却遥不可及。它是一种半神秘的东西。也许很自然地就发生了下一步,也许永远都不会发生。不过,此时此刻科技就在起作用,在神经系统里先构思出来,然后存入数字存储器中。这是一种逐渐改进、不断进步的技术。它是在控制虚拟资本,其目的就是要把人类的智慧经验扩展到无限,这样就可以把它当成一个媒介,实现盈利和投资的有机结合,同时也增加资本积累,实现强劲的资本再投资。

但是,疼痛却在阻碍他的永生。此时的处境在考验他的人性本质,对他来说十分重要。疼痛是与生命息息相关的,他无法逃避这样的折磨。让他变成现在这个样子的那些事情很难搞清楚,更何况转化成数据了。那些事情在他的身体里生存，随意地、放肆地在身体的各个部位乱转。这些数据达十亿百亿之多，转到神经元和缩氨酸里，转到太阳穴跳动的血管里，或者转到他好色的思维里。世事沧桑，这就是原来的他，可现在再也尝不到小时候母亲乳汁的味道了。他打喷嚏时会喷东西出来，这就是如今的他。当他从积满灰尘的窗前走过的时候，他看到自己变成了映像。埃里克通过疼痛开始了解自己，说不出是什么原因。他此刻感到十分疲惫。他通过强硬手段得到对这个世界的掌控：那些物质的东西，硕大的东西；他那些真真假假的记忆；冬日的黄昏他隐隐感到的无法转移的不适；他因失眠而垂头丧气的那些苍白的夜晚；每次洗澡时他就感觉到大腿上的小瘤子；他使用香皂时，那凹形皂体的香味和感觉让他意识到他是谁，因为他把这种香味叫作杏仁香；他那悬着的生殖器，无法转移；他膝盖奇怪的疼痛，一弯曲就会有响声；还有其他的许多东西，无法升华到极致，达不到无限思维的技术。

埃里克看着远处那堵白色的墙。甲虫还在电线上。他看到甲虫顺着垂悬的电线往下爬。接着，他把捂住表面的那只没受伤的手拿开。他看了看手表。"男性 Z"的铭文依然出现在屏幕上。

他的体内还留有生化酶，这是长期的利己主义产生的生物化学元素，是自我饱和的结果。他想象肯德拉·海斯，他的女保镖兼情人，正在对他的尸体进行防腐处理，她用棕榈酒为他清洗内脏。她的脸很适合做这种事，看她面部的骨相、皮肤的颜色和她削瘦的脸颊就能判定。这样的脸像是在沙土里掩埋了四千年的墓葬里壁画上的形象，身旁还有狗头神伺候着。

他想到了他的财务主管简·梅尔曼，他的那个难以捉摸的情人。他想象人们在殡仪馆为他守夜时,她身穿一件蓝黑色的束腰长裙,坐在最后一排的座位上悄悄地手淫。

他的脑子里还有其他的一些事情要想。他是在该结婚的时候结婚了,是为了死后留下一个遗孀。他想象他的遗孀为他守孝,也许剃光了头发,身穿着黑色衣服达半年之久。她同她的母亲及新闻媒体一起,远远地看着他埋葬在孤寂的荒原上。

他希望自己被埋葬在他的"黑杰克 A"核炸弹里。不仅仅是埋葬,而且是被火化,被烧成灰烬。他希望自己被灼热的太阳光熔化。他希望有一架远程遥控的飞机,运载他那经过防腐处理的尸体,西装领带,戴着穆斯林头巾,身旁还有他那些威猛的俄国狼狗的尸体。飞机到达海拔最高处后,以超音速的俯冲一头扎进沙漠里,连人带机变成了一个火球,留下一幅地面艺术的杰作——焦土策略的杰作。这可以看作一个永久的证据,来证明这是他的经纪人和老情人迪迪·范彻共同完成的壮举,目的是为了纪念由认证组织和开明人士共同商讨撤销《美国国内税收法》第 501(c)(3) 部分的行为。

医生说什么来着?

很好,没什么,一切正常。

也许他根本就不想过那样的生活了:从零开始重新打拼,在繁忙的十字路口同那些公司白领们抢乘出租车。他们高举着胳膊敏捷地转动身体,从每个方向招呼出租车。他在死前想要什么呢?他两眼凝视远方。他明白他缺失了什么。那就是野兽般掠夺的冲动,一种驱使自己过完一生的强烈的兴奋感,一种纯粹的活下去的需要。

理查德·希茨,那个杀手此时就坐在他的对面。他对眼前的这个男人已经失去了兴趣。他的手忍受着他全部生命的疼痛——精神上的和肉体上的疼痛。他再一次闭上了眼睛。这并没有结束。他在手表的水晶屏幕上已经死去,但在原来的空间里还活着,静静地等待着枪响。